書下ろし

魔《ま》兆《ちょう》

討魔戦記③

芝村涼也

祥伝社文庫

目次

序

オオオオ……。

闇の中で、風の荒《すさ》びとも、人ならぬ何かのむせび泣きとも聞こえる音が谺《こだま》していた。

そこは、広さも奥行きも判らぬほどに冥《くら》いながらもときおり赤黒い光が明滅し、蒸し暑く、生臭い臭いが充満しているような場所だった。

オオオオオ……。

また、なんとも言えぬほどに不気味なあの音が鳴り渡る。やがてその不吉《ふきつ》な音は、呪詛《じゅそ》の響きを伴い言葉になった。

「赦《ゆる》さぬ。討魔《とうま》などと偉そうにほざきよって。お前らが好き勝手できるのも、これまでよ。

見ておるがよい。我が子らの仇《かたき》、今こそ討たせてもらおうぞ。討魔などと僭《せん》越《えつ》なる名乗りを上げたる者どもよ、我が威勢《いせい》の前に、己《おの》が無力を思い知るがよいわ」

オオオオ……。

またあの音が鳴り渡ったが、いつの間にかそれは、冥く深い嘆《なげ》きから、狂気に染まった哄笑《こうしよう》であるかのように響きを変えていた。

※

己《おのれ》の目の前に広がる光景に、一亮《いちすけ》は大いに焦《あせ》りを覚えていた。

――このままでは、みんなが……。

桔梗《ききよう》も、健作《けんさく》も、天蓋《てんがい》ですら、やがて襲い来る災厄《さいやく》に為《な》す術《すべ》を失っている。

驚嘆《きようたん》すべき力を持つはずの三人が、みんな苦戦していた。

しかし、この状態も長くは続かないであろう。

対抗する手立てもないほどの脅威が、ヒタヒタと皆に迫っているからだ。

――なんとかしなきゃ。

そうは思うが、一亮にできることなど何もありそうにない。

奥州《おうしゆう》の地では奇跡のような出来事が起こったが、あのようなことがそうそう何度も繰り返されるはずはない。

ともかく今の一亮は、目の前で起こることをただじっと見ているだけの存在にしか過ぎなかった。

そして、敵の攻撃は容赦《ようしゃ》なく迫ってくる。

天蓋へ、健作へ、さらに桔梗へも……。

第一章　新宿夕《にいじゆくゆう》まぐれ

一

千代田《ちよだ》のお城《しろ》（江戸城）からは北東《うしとら》の方角、水戸街道《みとかいどう》でもいまだ江戸からほど近い新宿《にいじゆく》近くを歩く旅人は、陽が西へと傾《かたむ》くころともなれば、ほとんど江戸へ向かう者たちばかりになる。

よほど遅くに出立《しゆったつ》したのでないと、こんな刻限にまだ新宿辺りまでしか道がはかどっていないということはないし、仮に街道最初の宿場である千住宿《せんじゆしゆく》で見送りの者との惜別《せきべつ》の宴《うたげ》がさほどに長引いたのであれば、急ぐ旅ではない人ということだから、「ひと晩千住で泊まっていこうか」ということになっているはずなのだ。

そうした江戸へ向かう旅人の流れに逆らい、近在の百姓や馬子《まご》などに混じって、日本橋を背にする方向へ歩いていく旅姿の三人連れがいた。夫婦者と思える若い男女と、二人の間の子にしては大きいことから、いずれかの弟ではないかと思われる少年である。

三人は、「旅の始めからさほどに気負うと先が続かなくなる」と周囲が案ずるほどに、足を急がせている様子だった。それも頻繁《ひんぱん》に己らの後ろを気にしているところからすると、誰かに追われて逃げる旅なのかもしれない。

三人は、中川《なかがわ》を渡り新宿を過ぎても急ぎ旅をやめようとはしなかった。どんなに足を速めたとて日が暮れて二つ先の小金宿《こがねしゆく》までは行けなかろうに、それでも三人の足取りは緩《ゆる》まない。

帰り道が同じ方向になった馬子が、「馬を急がせるからお内儀さんを乗せていかねえか。そのほうが旅ははかどるべえ」などと声を掛けたが、夫婦者と思われる男女にすっぱりと断られてしまった。

いつもならば簡単に諦《あきら》めることなくしつこくつきまとうはずの馬子が、その三人についてはあっさりと見逃した。口取りをする馬の足まで止めて、去っていく三人の後ろ姿を茫然《ぼうぜん》と見つめている。

——この夕刻に、そんなに急いでどこへ行くんだべえか。近在の者を邪険《じやけん》にすっと、あんたらを探してるお人が後からものを訊《き》いてきたとき、口が軽くなってるかもしれねえよ。

そんなふうに軽く脅《おど》してみたのは、相手の様子を観察して当たりをつけた上でのことだった。もし見当違いをしていても、何の損をすることもない。大当たりであれば馬に乗ってくれるかもしれないし、そこまでいかなくても口止めのため小銭ぐらいは出してこようという算段だった。

無論のこと、もし本当にこの三人を探している者が行方《ゆくえ》を尋ねてくるようなことがあれば、話すかどうかはその者が払う金次第になる。要は、新たに来る者へ吹っ掛ける金高が上がるかどうかというだけの話だ。

己の見立てにはだいぶ自信があったのだが、脅しを口にしてみて相手の様子を覗《うかが》っても、全く動揺する素振りがない。女のほうからは、蔑《さげす》むような冷たい目で真正面から見据えられてしまった。

見下されることなど屁《へ》でもないはずなのに、なぜかそのときばかりは足が止まってしまったのだ。こちらを直視するため熊谷笠《くまがいがさ》（編笠の一種）の陰に隠れていた顔を上げた女の容貌《ようぼう》が、ずっと目に焼き付いたままだった。

「それにしてもいい女だったねぇ」

微かに見える横顔からそうではないかと思ってはいたものの、予測を超えるほどの美形だったことに陶然《とうぜん》として、馬子はしばらく佇《たたず》んだまま動かなかった。


自分らにつきまとってきた馬子を冷たくあしらった桔梗は、先方が諦めた様子で後ろに遠ざかっても、いっさい気を緩めることはなかった。あのようなつまらぬ手合い、最初から相手にするつもりはない。

この場に己らが在るのは、天蓋を介して評議《ひょうぎ》の座《ざ》の一員から下されたお役目を果たすためなのだ。この街道沿いで、「旅人が何人か忽然《こつぜん》と姿を消した」という噂《うわさ》がまことしやかに囁《ささや》かれだしたことが発端だった。

耳目衆《じもくしゅう》が何人かで探りを入れてみたものの、詳細は全く明らかになってこない。しかしそれは、根も葉もないただの噂だったからではなく、消えた連中に身寄りがなかったり、訳ありで人目につかぬように旅をしているような者ばかりだったからではないかと思われる節《ふし》があった。

報告を受けた知音《ちいん》は、天蓋の小組《こぐみ》に白羽《しらは》の矢を立てたのである。桔梗らが「逃げ隠れをする急ぎ旅」を演じていたのも、消えた者らに様子を似せるためだった。

しかし、これまで耳目衆が得た噂では、人が消えるのは「中川を過ぎた辺りまで」であったのに、いっこうに変事が起こりそうな気配はない。どうやら今日のところは無駄足に終わりそうだった。

桔梗は歩きながら自分の前を行く健作の背中を見やり、斜め後ろにやや遅れて従う一亮を脇目で流し見た。二人ともに、真っ直ぐ前を向いてただ黙々と歩いている。

江戸のはずれになる向島《むこうじま》は鄙《ひな》びたところだが、さらに江戸を離れて中川を越すと、周囲はもう完全に旅の街道という様子になってきた。

左右に聞く耳がないのを改めて確かめた上で、桔梗が思わず愚痴《ぐち》をこぼした。

「どこまで行かせるつもりだい。これじゃあ、先だっての旅とまるっきり変わんないじゃないか」

己の前から健作の声が返される。

「そう焦《あせ》るなって。俺らが出される先は、『そうじゃねえかてえ疑いがある』ってだけのところだ。必ず芽吹いたモノが出てくるとは限らないんだからよ」

宥《なだ》める言い方をしながらも、健作とて気を張ったままなのは、声の調子で判る。

「でも、このまんま出てこなかったら、いったいどこまで行くつもりだい。そのうち水戸へ着いちまうよ――なんならその先の浜街道《はまかいどう》もずっと進んでって、また奥州街道まで出ようかね」

健作は軽口に乗らず、まともな答えを返してきた。

「このまま行ったって、日が暮れるまでにゃ次の松戸《まつど》宿《しゆく》辺りがせいぜいだろうさ――なぁに、当たりがねえと思ったら、御坊《ごぼう》が声を掛けてくれるさ」

「その坊さんは、いったいどこにいるのかねぇ」

桔梗は笠の陰から視線だけで天蓋の姿を探したが、芽吹いたモノを斃《たお》すだけの業《わざ》を有する討魔衆《とうましゆう》の一員にも、気配一つ察知することはできなかった。

桔梗はわずかに顔を横向け、遅れて歩く者に話し掛ける。

「一亮、あんたはどう思う。こたびはやっぱり、無駄足だったかねえ」

わずかに答えが遅れたことを、桔梗は「やはり気を張りながら無駄口を叩くようなまねは、まだこの子には早いか」と思っただけだったが、一亮の口からは予想外の言葉が飛び出してきた。

「もう、居るようです」

え、と声を上げた桔梗は思わず立ち止まりそうになり、慌《あわ》てて足を前へ出す。何でもないような素振りを装い、小声ながら今までとは違う切迫した口ぶりで問い直した。

「居るって、あたしらの追ってる相手がかい」

一亮の応えは、討魔の業を何度も行使してきた桔梗よりも落ち着いて聞こえた。

「ええ。いつからかは判りませんが、吾《われ》らの後についてきていたようです」

桔梗は、自分の前方へ「健作」と呼び掛けた。

「ああ、聞こえてる。一亮が感じてるなら、間違いねえだろうな——しっかし、どこにいやがるのか……」

急ぎ旅を続けているふうを演じながら改めて周囲の気配を探ってみるが、特に怪しいものを感じ取ることはできなかった。健作も前を向いたまま、背中越しに訊いた。

「一亮、お前は相手がどこにいるか判るか」

今度も、答えが返るまでいくらか間が開いた。

「相手がどこにいるかというより、もう向こうの手立ての中に取り込まれてしまったように思えます」

一亮の返答を聞いた桔梗が息を呑《の》んだ。健作の独りごちる言葉が耳に流れてくる。

「向こうの手立てに取り込まれた……そうか、畜生《ちくしょう》」

「健作、何か判ったのかい」

「桔梗、よく周りを見てみねえ。新宿から松戸までの間に、こんなに延々と草っ原が続くとこはねえぜ」

確かに、自分らの前方へ伸びる道がある他は、見渡す限り一面が青々とした草に覆《おお》われている。まだ日暮れまでには間があるはずなのだが、自分ら以外歩いている人影も見えなくなっていた。

桔梗は乱暴に応じた。

「そうかい。あたしは水戸なんぞへ行ったことはないから、こんなとこがあるのかどうか、知っちゃいないけどね」

「でもよ、こんな何にもねえとこにいつ踏み込んだのか、憶《おぼ》えちゃいねえだろ。空だってどこもかしこも薄ぼんやりと曇ってるだけで、どこにお天道《てんと》さんがあるのかさっぱり見当がつかねえ――つまりゃあ、ただの野っ原じゃねえってこった」

「これまで消えた連中も、こん中に取り込まれたってことかね」

「ああ、多分な——で、どうする。御坊も、この中へ入れたかどうか」

健作が示した懸念《けねん》を、桔梗のほうは全く案じていないようだ。

「構うことはないさ。これだけのことを仕掛けてくる相手だ。まさか芽吹いてないなんてことの、あるわけがないだろ」

「そりゃあ、そうだが……で、どうすんだ？　俺にゃあ、相手がどこにいるんだか、いまだにさっぱり判らねえぜ」

「居場所が判らないんだったら、出てきてもらえばいいだけじゃないか」

「そう易々《やすやす》とご要望に応えてくれっかね」

「なに、そんなのは簡単さ」

そう言った桔梗は不意に立ち止まった。つられて、健作と一亮も足を止める。

桔梗は笠に手を当てて驚いたように左右を見回すと、大きな声を上げた。

「お前さん、いったいここはどこだい。あたしらは、水戸街道を歩いてたはずじゃないのかい」

「……そりゃ、そのはずだけど」

桔梗が突然始めた芝居に、健作はかろうじて調子を合わせる。相方の戸惑《とまど》いに構うことなく、桔梗は続く科白《せりふ》を言い放った。

「まあ、ともかく道に迷ったら来た道を戻るのが一番だ。幸いあたしらには、お不動《ふどう》様でもらった霊験《れいげん》あらたかなお札《ふだ》があるから、どんな障《さわ》りも払いのけてくださるはず。これを翳《かざ》して進めば、きっと元のところへ戻れるはずだわ」

すると、急に強い風が吹いたわけでもないのに、三人を取り囲む草がザワザワと揺れ始めた。三人はその場に立ったまま、周囲を見渡す。

健作が、仲間内だけ聞こえるように小声で囁いた。

「へえ、あんな下手《へた》な芝居に騙《だま》されるような抜《ぬ》け作《さく》がいやがるとは、畏《おそ》れ入ったね」

「芽吹いたモノをまだ人だと思うから、そんな買い被《かぶ》りをやらかすのさ――向こうさんだって、人並みに扱われたりするもんだから勘違いしちまう。

この手合いは、人からはずれちまったとこで分別もなくすんだろうよ。鬼なら鬼らしく、さっさと退治しちまうのが一番さ」

「なら、そうしようかね」

二人して軽口を叩き合っていると、草のそよぎに合わせるように、ひたひたと殺気が押し寄せてきた。桔梗が、それまでとは違う真剣な口ぶりで告げてくる。

「一亮、どっかそこいらに隠れてな」

一亮は桔梗の言葉に従い、二人から離れて道の端でしゃがみ込んだ。

今、自分たちのいる場所が鬼の張った結界《けっかい》や幻覚世界のようなところであるなら、たとえどこに隠れたとしても相手からは丸見えなのかもしれないということを、桔梗や健作が理解していなかったわけではない。

しかしながら一亮には、危急の際に鬼の知覚から逃れる術を、生まれながらにして備えているに違いないと思わせる才覚があった。それを信じたがゆえの指図だったのだ。

「来るよ」

桔梗は、袂《たもと》へ引っ込めた右手に手裏剣《しゆりけん》の柄《え》を握りしめながら、健作に警告した。

「ああ」

自身の支度を済ませた健作は、淡々と応えた。

二

桔梗と健作が周囲への警戒を怠《おこた》らずにいると、ザワザワと好き勝手に揺れていた草が、ピタリと動きを止めた。

次の瞬間、桔梗たちの右斜め前方およそ二十間（約三十五メートル）ほどのところの草叢《くさむら》で小さなうねりが生じ、二人へ向かって真っ直ぐ突き進んできた。ちょうど、鼬《いたち》のように小さく凶暴な肉食獣が、全速で走ってくるほどの速さと大きさのうねりだった。

桔梗は落ち着いて狙い澄《す》まし、相手を十分に引きつけてから、素早く腕を振って手裏剣を投じた。

うねりの先端へ向かって銀光が奔《はし》る。

パサリ。

小さな刃《やいば》が群生する草の葉を切り裂くときの、微かな音がした。

そのまま、うねりは収まった。

周囲はシンと静まり返り、微かな草のそよぎもない。

しかし、桔梗たちを包み込む殺気は消えていなかった。

——まだ、斃せちゃいない!

桔梗も健作も、今の投擲《とうてき》は躱《かわ》されたのだとはっきり理解していた。

「桔梗……」

健作が、小さな声で呼び掛けた。声には緊張がある。

「ああ、判ってる」

桔梗も、短く応じた。先ほどまであった余裕が感じられず、いくぶんか焦りを滲《にじ》ませた声に聞こえた。

そよぐ草に阻《はば》まれ、健作の得物である糸は届かない。桔梗も、草叢のうねりによって相手のおおよその位置を把握《はあく》するだけだから、一撃必中とはいかないようだ。

そして、草が動いて相手が襲ってくると判っている以上、反撃に打って出ないわけにはいかないとはいえ、桔梗が携帯する手裏剣には数に限りがある。

このまま同じことを繰り返していたのでは、草の陰に隠れて自在に動き回る相手に翻弄《ほんろう》されて手裏剣を使い尽くし、最後には徒手空拳《としゅくうけん》で闘《たたか》うことになりかねなかった。

桔梗の目が、隣に立つ健作へちらりと向けられた。

「健作」

何ごとかと健作が見やれば、桔梗は手裏剣の刃を手に、柄を健作のほうへ向けて保持している。

「……根張村《ねはりむら》でやった手か」

奥州で多数の鬼と対峙《たいじ》することになったときも、桔梗は手裏剣が不足するという事態に陥《おちい》った。その際、健作は咄嗟《とっさ》の機転で、これまで敵を拘束《こうそく》するために使ってきた糸の用途を変更し、斃れた鬼に突き刺さっている手裏剣を抜いて桔梗へ戻すという技をやってのけたのだ。

やはり、桔梗の念頭にあったのは、このとき健作が行った糸の扱いだった。

「ああ。今度は投げる前からだけどね」

それだけで、息の合った二人の意志は通ずる。

「一《いち》か八《ばち》かだな」

「阿呆面《あほづら》下げて、ただやられちまうよりはマシだろ」

「違《ちげ》えねえ」

二人が言い合っているうちに、次のうねりが生まれていた。今度は健作の右後方、三十間ほどのところで生じたうねりが、緩い弧《こ》を描きながら次第に二人に近づいてくる。

健作は、下げていた右手を手首から先だけほんのわずかに振り動かした。

「いいぜ」

声を掛けてきた健作を、桔梗は見ていなかった。自分らのほうへ方向を転じ真っ直ぐ突き進んでくる草のうねりに、無言のままじっと視線を注いでいる。

再び、桔梗が手の中の得物を投じた。

手裏剣が草叢に吸い込まれたところで、二人に向かっていたうねりが消えた。

だが、やはり仕留めたという手応えは感じられなかった。

健作が右手を前に出し、掛かった魚を引き上げるときの釣り竿《つざお》の扱いのような手つきで、腕を振り上げる。すると草叢がガサリと音を立て、桔梗によって今投じられた手裏剣がフワリと浮き上がってきた。

そのまま宙を滑るように近づいてきた鋭い刃を、桔梗は怖れもせずに己の手に戻した。口の端だけに笑みを浮かべて健作に言う。

「やりゃあできるじゃないか」

「よせやい。こっちゃあ必死だぜ」

奥州での糸の操作を踏まえて、桔梗は投げた手裏剣の回収を健作に頼んだのだった。違いは、こたびは投げる前に手裏剣の柄にあらかじめ糸を絡《から》ませておくという手を使ったことである。

元々紐《ひも》付きならば、投じた手裏剣が草叢の中に消えても容易に引き戻せるという算段だった。ただし、桔梗の素早く勁《つよ》い投擲がなされても絡ませた糸が切れないか、健作にすれば冷《ひ》や冷《ひ》やものの賭けだったのだが。

「これで五分《ごぶ》と五分だね」

「ああ。けど、こっちが優勢になったってワケでもねえ」

健作の言うとおりだった。桔梗が手裏剣を使いきって空手になる懼《おそ》れはなくなったが、一方で相変わらず敵を捕捉《ほそく》することはできないままなのだ。

攻防は、両者決め手を欠いて膠着《こうちゃく》状態に陥ったかと思われた。

と、どこからか風に乗って何者かの声が聞こえてきた。

「爾時仏告諸菩薩及天人四衆吾於過去……」

すると、また生じて走り出しかけていた草叢のうねりが、フラフラと行く先が定まらぬように迷走し始めた。

言葉の意味は全く不明ながら、流れてきた声と唱える調子は、一亮にも聞き憶えがあった。かつて、奉公先の瀬戸物屋でともに働く者らが皆殺しに遭《あ》ったとき、奉公人を手に掛けた鬼の動きを抑えたのがこの読経《どきょう》だった。

一亮に詳しい知識はないが、『法華経《ほけきょう》・提婆達多品《だいばだったぼん》』を誦《ず》す声である。

「御坊か」

健作がほっとして肩の力を抜く。

「遅いよ。今までどこで道草食ってたんだい」

悪態《あくたい》をついた桔梗も、わずかに緊張を緩めたようだった。

皆の背後に、いつの間にか僧侶が立っている。桔梗らの小組を統率《とうそつ》する天蓋だ。

「すまぬの。すぐそばにいたつもりだったのだが、いつの間にかそなたらだけこのモノに取り込まれてしまったようでな。入り込むのに、いささか手間取ったのだ」

天蓋が応じている隙に、草叢のうねりは体勢を立て直したのか、再び桔梗らへと向かってきた。

「おおっと――於多劫中常作国王願発求於無上菩提……」

天蓋が読経を再開すると、たちまちうねりの勢いが減じる。

「そんだけ遅くなりゃあ、狙いははずさないよ。坊さんのお経に縛《しば》られて、ろくに躱しもできないだろうしね」

桔梗は右手を高々と上げて、手裏剣の狙いを定めた。

すると突然、四人に向かって突風が吹きつけてきた。桔梗は投擲の呼吸を狂わされ、寸前で打つのをやめる。

天蓋に叩きつけてきたのは、風ばかりではなかった。千切《ちぎ》れて飛ばされた何枚もの草の葉が、その立ち姿へと向かってきた。

「御坊っ！」

健作が警告を発した。

「つっ」

天蓋が小さな苦鳴《くめい》を上げた。

見やれば、天蓋の袈裟《けさ》や網代笠《あじろがさ》がところどころささくれ立っている。その破れ目の全てが、今できたばかりのものだ。

千切れた草の葉はただ飛ばされただけでなく、剃刀《かみそり》の刃のように鋭い側面で、天蓋の身に纏《まと》った物や肌を切り裂きながら飛び去ったのだった。

己も危うい目に遭っているにもかかわらず、天蓋は読経を続けようとした。すると、なぜか経を読む僧侶だけを立て続けに風が襲った。

「象馬七珍……国城、妻子……奴婢僕従……頭目、髄脳……」

襲い来る草の葉を避けながらの読経は途切れ途切れになった。それがためか、桔梗たちを狙っていたうねりも勢いを取り戻しつつある。

「桔梗、急げ」

健作が催促したが、急《せ》かされた桔梗は右手の手裏剣を打とうとせず、左手にもう一本持って健作に示してきた。

「？」

「何やってんだい、健作、早く！」

叱咤《しった》するような叱咤の声に訝《いぶか》りながらも、桔梗が右の手に持つ手裏剣に施したのと同じ処理をする。

「やった。いいぜ」

健作が返答するよりも早く、桔梗の右手の手裏剣は飛ばされていた。ついで、糸を絡めたばかりの二本目が左手から右手へと移されて投じられる。

二本目が投げられた先は、一本目とは全く違う場所だった。そこにも、いつの間にか草叢のうねりが生じていたのだ。

「こいつは……」

うねりのできる間が、だんだんと狭《せば》まってきていた。

「何やってる、早く戻しなっ」

消えたうねりを茫然と見ていた健作を、桔梗が怒鳴りつけた。

健作は慌てて桔梗が投じた二本を回収にかかる。

「遅いっ」

桔梗は、健作が引き戻した二本の手裏剣がまだ宙にあるうちに、袖口《そでぐち》から別の一本を取りだして投げつけた――この一本に健作の糸はつけられていない。無駄にするのを覚悟の上の投擲だった。

さもなければ、自分らの足元まで近づきつつあったうねりに襲われてしまっていただろう。

桔梗が投じる手裏剣の回収に追われている健作は、視界の隅にまた新たなうねりが生じるところを見つけた。が、桔梗に指摘している暇はない。健作は、桔梗の得物を引き戻すことをいったん放棄《ほうき》した。

相方が一連の流れを止めたことで、自分との連携が崩れたと感じた桔梗は舌打ちしたが、すぐに健作の意図に気づく。

そのときにはもう、健作は己が見つけたうねりの正面へ向かって新たな糸を放っていた。目に見えぬ健作の糸の先は、うねりがやってくるすぐ手前の草の中へと入り込んでいく。

健作が糸を操る右手の手首を捻《ひね》るようにすると、うねりを包み込むように草が束にまとめられた。

すかさず、桔梗が草の束の中心に新たな手裏剣を打ち込む。

ギャッ。

初めて、悲鳴が上がった。

「やるじゃないか」

桔梗が珍しく素直に、健作を評価する。

「お褒《ほ》めに与《あずか》り恐縮《きようしゆく》至極《しごく》——雪でも降らなきゃいいけどな」

軽く応じた健作だったが、すぐに表情を引き締め直した。

また新たなうねりが生じて、二人のほうへと向かってきたのだ。

——桔梗が、仕留め損なった？　手応えはあったようだが……。

しかも、事態はさらに深刻さを増そうとしていた。

——間が狭まっただけじゃあなくって、やっぱり同時に二つかい。しかも、草の葉を飛ばして相手を切るような風まで起こして……そうか、この場にいる鬼は、一匹じゃなかったのか。

自分らが容易ならぬ状況へと追い込まれていることに、天蓋率《ひき》いる小組の面々はようやく気づいた。

自ら鬼に立ち向かうだけの力を持たない一亮は、ただ固唾《かたず》を呑んで見守るしかない。

最初は、予想もできなかった敵の攻撃を防ぐだけで精一杯だった桔梗と健作が盛り返して互角となり、さらに天蓋も参戦して自分らのほうが圧倒的に有利になったと思えたのだが、それはほんの一瞬だった。

今では、それぞれに驚嘆すべき力を持つはずの三人が、みんな苦戦している。

天蓋は懸命に読経を続けているものの、風とともに飛ばされてくる刃のように鋭い草の葉を避けながらのため途切れ途切れになっている。その分、鬼の力を弱めるはずの天蓋の読経は、十分な力を発揮していないようだ。

草叢に隠れたまま襲いかかってくる鬼を、健作は放った糸で周囲の草ごと包み込むという手を咄嗟に編み出した。しかしこれが通じたのは一度きりで、糸が到達する直前の相手に進む方向を変えられてしまえば、それまでだった。

桔梗が投ずる光の矢のような手裏剣さえ躱せる相手なのだ。来ると判っていれば、健作の放つ糸を避けることなど容易なのであろう。

健作は、桔梗の手裏剣に糸を絡みつけ、投じられた物を回収することにまた専念するようになったものの、桔梗だけでは対処できないと判断されたときには、無駄だと知りつつ回収を遅らせて糸を放つしかなかった。敵を拘束するほどの効果はなくとも、相手が進む方向を変えてくれればその分だけときが稼げるからだ。

しかし、手裏剣の回収が遅れれば、桔梗による牽制《けんせい》が薄くなる。糸がついておらず回収できないのを覚悟で使い捨ての手裏剣を投じ、次第に手持ちの数を減らすしかなくなっていた。

――このままでは、みんなやられてしまう。

携《たずさ》えてきた手裏剣を桔梗が使い切ってしまえば、まず桔梗と健作の二人が鬼の手に掛かる。天蓋一人が残ったときには、風ばかりでなく草叢のうねりも全てがそちらへ向かっていくことになろう。

――なんとかしなきゃ。

そうは思っても、一亮には手立てがない。同様の事態は奥州の根張村でも経験していたが、その際、声を放ち鬼たちの動揺につなげた行為を、今の一亮はなぜかしようとはしなかった。

あのときは全く意識もせぬまま、知らず知らずのうちに勝手に体が動いていた。それなのにこたびそうした気が起きないのは、己の中の本能的な部分で「やっても無駄だ」という判断を下していたということなのかもしれない。

ともかく今の一亮は、目の前で起こることをただじっと見ているだけの存在にしか過ぎなかった。

三

水戸街道において、天蓋らの小組が顕《あらわ》れた鬼どもと死闘を繰り広げることになるより半月ほど前――。

天蓋らは、「悪い夢を見ていただけではないか」と、己でも疑ってしまうほどに畏怖《いふ》すべき結末を迎えた奥州への旅を終えていた。

大飢饉《だいききん》に喘《あえ》ぐ土地を巡って衆生救済《しゅじょうきゅうさい》の旅を続ける回国の僧と、新天地を蝦夷《えぞ》

（北海道）に求めた小僧連れの旅芸人の夫婦が、進んでいったはずの道を引き返してきたとき幼い娘を連れていたことへ、旅籠《はたご》の主《あるじ》も奉公人も、ことさら不審を覚えた様子はなかった。

「皆が死に絶えた村で、ただ一人生き残った娘を引き取って参った。旅芸人夫婦は、この先の土地も飢饉が酷《ひど》いという話を伝え聞き、蝦夷行きを断念して江戸へ戻る途中だというところを一緒になった」

そのように、回国の僧を称する天蓋より説明を受けたからである。話を聞いた者らは、「何の関わりもない孤児《みなしご》を引き取るとは、このご時節に奇特《きどく》なことだ」と、ありがたがって天蓋を拝んだ。同伴する「小僧連れの旅芸人の夫婦」――桔梗、健作、そして一亮の三人も、天蓋への敬意の余禄《よろく》を受け、ごく丁重《ていちょう》に扱われたほどだった。

伴われた娘は、飢饉の村で生き残ったにしてはそう痩《や》せておらず、血色もよかった。

凶作翌年の春も終わろうとするころには悪い病《やまい》が広まることがある。死者を埋葬する余力も失った土地では衛生環境がさらに悪化し、飢えで抵抗力を弱めた人々の被害を大きくしていく。

ただし、人が死んで養うべき口が減れば、わずかながらも食糧事情は改善される。僧に連れられた早雪《さゆき》という娘は、流行病《はやりやまい》で人々がバタバタと死んでいく中、村に残るわずかな光明《こうみよう》として大切に庇護《ひご》され、ただ一人生き残った者であろうと解釈されたのだった。

出立の地である江戸浅草《あさくさ》は浅草寺《せんそうじ》の奥山《おくやま》に戻り着いてから、天蓋の小組の一員である桔梗は、これまでと比べてずいぶんのんびりとした日々を過ごすことになった。

自分らのことを探っている町方同心がいるとのことで、「まだほとぼりが冷めていない」という理由により、桔梗はお駒太夫《こまだゆう》として見世物小屋《みせものごや》の舞台に立つことを許されなかったのだ。世を忍ぶ仮の姿、芸人としての「小包丁《こぼうちよう》打ち」が、討魔衆の一員である桔梗本来の技を直接的に想起させるからだった。

一亮は元々仕事など与えられていないようなものだったが、以前に持ち掛けられていた「共同の炊事場《すいじば》での手伝い」の話も、風邪《かぜ》で休んでいた者がみんな治って出てきたために、当人が帰着する前に沙汰《さた》止みとなっていた。一人健作だけが、見世物細工の手直しをするなど元の裏方仕事で、それなりに忙しい日々を送っている。

天蓋が江戸まで連れ帰ってきた早雪は、桔梗とともに見世物小屋の隅で暮らしていた。その早雪は、いまだに「鬼」によって閉じ込められていたとき以前の記憶を取り戻していない。

同じ小屋に日ごろから出入りする者は、桔梗本来の使命である「討魔の業」を知らない者ばかりであるが、一亮同様に聡《さと》い早雪は、皆に不審がられることもなく日々を送ることができていた。

理由のひとつは、早雪を江戸へ連れ戻る旅の途中、面倒を見る中で「それとなく諸々《もろもろ》のことを伝えてきた」、という一亮の努力にあろう。「村での早雪の有り様を人が知ったならどう思うか」、「知られずに自分らとともに生きていくためにはどのように振る舞ったらよいか」、といった話を、折々《おりおり》に親身《しんみ》になって語り聞かせ続けていたのだ。

もう一つ、早雪が大人しい少女である上、奥州の訛《なま》りが口を重くさせているということも、他人に不審がられない因《もと》であったろう。生まれや育ちが違えば周囲と多少振る舞いに相違があっても当然のことであり、「記憶を失っている」と聞いた皆は、早雪をそっとしておいてやろうと気遣ったからでもある。

だから、早雪の周りにいつもいるのは、旅の道連れとなった天蓋、桔梗、健作、一亮のうちのいずれかであった。

早雪にとっては、この四人全てが見知らぬ他人のはずだったが、記憶に残っている中で村の誰かと親しくしていたということはなかったらしい。自分を親身に世話してくれる四人に対しては、次第に心を開くようになっていった。

今日早雪は、桔梗に連れられて健作の仕事場へ押しかけているようだ。健作のところには、暇を持て余した桔梗や一亮が旅に出る前よりも頻繁に顔を出しており、桔梗は余計な茶々を入れては小屋の主を困らせていたのだが、早雪が一緒となれば健作もうるさがるようなことは決してなかった。

一亮は、顔を出した天蓋に伴われ、裏の道から境内《けいだい》の外へ抜け出てきた。目の前には、浅草田圃《たんぼ》と呼ばれる田畑が広がっている。

天蓋たちに奥山へ連れてこられてまださほど経っていないころ、同じ道を通って「芽吹いた」辻斬《つじぎ》りが人を殺すのを目撃したことがあった。その鬼は、桔梗と健作の二人によって斃されている。

「どうだ、早雪は」

用水堀で腰を屈めて何かの仕事をしている百姓の姿を眺《なが》めながら、天蓋が横に立つ一亮へ問い掛けてきた。

その年の米作り最初の仕事として百姓は、まず二十日ばかり種籾《たねもみ》を水中に浸《ひた》して水を吸わせる。次には十分に水を吸って芽を出してきた籾を、田に直播《じかま》きせずにある程度苗代《なわしろ》で育てることになる。

「江戸のように人の多いところはどうかと案じましたが、臆《おく》するようなところもなく、ずいぶんと馴れてきたように見えます」

そうか、と応じた天蓋はさらに問う。どうやら、一亮の答えは天蓋が訊きたかったことから的《まと》がはずれていたようだ。

「それで、根張村で示した力の片鱗《へんりん》を見せるようなことは」

根張村は、一亮や天蓋たちが奥州への旅で目指した目的地であり、早雪と初めて出会った場所でもあった。

「ありません——少なくとも、吾の前では一度も。桔梗さんや健作さんが何も言っていないところからすると、お二人の前でもそのような力を見せてはいないものと思います」

鬼によって閉じ込められていた早雪は、人や鬼がもつ神通力《じんつうりき》や魔力のようなものを、増幅させる能力《ちから》を有しているらしかった。早雪はその能力で、鬼が仲間を増やす行為の手伝いをさせられていたようだ。

村人たちは、鬼と化した神主の手助けをすることで豊かな実りを約束され、飢饉を免《まぬが》れていた。その村に天蓋らが入り込み、仲間を増やした鬼どもと闘った結果、村そのものが鬼や村人たちとともにこの世から消え去ることとなった。

意図せぬままにこれをやったのは、天蓋の考えによれば一亮と早雪の二人である。多勢相手で苦戦する天蓋たちを何とか助けられぬかという一亮の切なる思いが、早雪の「増幅する能力」と共鳴し、鬼によって脆弱《ぜいじゃく》になっていた土地を覆《くつがえ》すような作用を及ぼしたという。

桔梗や健作からもいちおう話を訊いているであろう天蓋が、一亮に問うことを重要視したのは、早雪が一亮に最も心を赦しているという点以外に、二人が共鳴して驚異的な力を発揮したという実績があったためだった。

「早雪は、ただの幼子《おさなご》に戻ったのであろうかな」

天蓋がぽつりと口にしたが、本心からの言葉でないことは一亮にも判った。あのような驚嘆すべき力を目の当《ま》たりにして、「すっかり消えてなくなった」などと、そう簡単に信じられるはずがない。

「天蓋さまは、早雪がただの幼子に戻ればよいと、お考えでしょうか」

心の中の疑問が、思わず口を突いて出てしまった。

問われた天蓋は苦笑を浮かべる。

「鋭いところを衝《つ》かれたの」

「すみません」

一亮の謝罪は小さな声になる。

天蓋は、気分を害した様子もなく応じた。

「詫びることはないぞ。じゃが、自分のことでありながら、そなたの問いには拙《せっ》僧《そう》にも上手《うま》く答えられぬ。

果たして、早雪はあのような力を持ったままでいてよいのか――あの娘のことを思えば、無くしてしまったほうが身のためじゃと断言すべきなのだろうの。しかし、拙僧にはそれを口にすることができぬ。そなたも巻き込まれた大いなる務めが、我らにあるからにはの」

一亮はハッとして天蓋を見上げた。

「……それは、いずれ早雪にも桔梗さんたちと同じ務めを果たしてもらうことになるということでしょうか」

一亮の危惧《きぐ》をあからさまにした問いにも、天蓋は淡々と応じた。

「はてな。まずはあの娘が、芽吹いたモノと闘うような身体能力を身につけるかどうか。さらには、そのような能力を身につけたとしても、討魔衆の一員となるだけの性根が備《そな》わるか。そして何より、当人が闘うことを望むかどうか、であろうな」

「望まなければ、闘いに出されることはないと?」

「無理に闘わせんとしたとて、そんなことは誰にもできまい」

この返答に、一亮は得心したように見えた。が、口にした天蓋自身は、苦い思いを味わっている。

――当人に問えば「自ら向かったのだ」と言い張るだろうが、一亮は、間違いなく我が無理矢理《むりやり》引きずり込んだ……。

そう、はっきりと自覚しているからであった。

「天蓋さま」

再び呼び掛けてきた相手に、天蓋は「何じゃ」と穏《おだ》やかに問い返した。

「また別なことをお尋ねしてよろしいでしょうか」

「何が訊きたい」

「吾が奉公していた身延屋《みのぶや》の旦那様ご夫妻をはじめとして、人ならぬモノに変じた方々を天蓋さま方は『鬼』とおっしゃっておられます。その一方、皆様はご自身のことを『討魔衆』と称しておられる——つまらぬ引っ掛かりかもしれませんが、気になることがあります。なぜ皆様は、討《とう》『鬼《き》』衆《しゅう》ではなくて討『魔』衆なのでしょうか」

この質問には、答えが返るまでしばらくときが掛かった。

あまりにくだらない問いに呆《あき》れられたかと一亮が下を向いたとき、天蓋がようやく口を開いた。

「それは、我らが果たさねばならぬ真の務めが、魔を討つことにあるからよ」

「……鬼以外に、魔もおるのですか？」

ずっと田圃のほうへ視線を向けていた天蓋が、一亮に向き直った。

「鬼の跳梁《ちょうりょう》跋扈《ばっこ》を赦せば世が乱れ、やがて魔が生ずる。そうなってはならぬゆえ、我らは鬼を討つことに全力を挙げておるのだ」

「魔とは、さほどに恐ろしいモノなのですか」

「生ずれば、この世が覆る。日《ひ》の本《もと》六十《ろくじゅう》余《よ》州《しゅう》の全てで、地獄に叩き込まれたほどの阿《あ》鼻《び》叫喚《きょうかん》が巻き起ころうぞ」

目の前に広がる大地へと再び向けられた眼差《まなざ》しは厳しい。

一亮は奥州への旅で、まさに地獄のような飢饉の村々を目にしてきたつもりであったが、そのときにも天蓋が、かほどに深刻なもの言いをしたことはなかった。

「天蓋さま方は、その魔と闘う……」

今度顔だけ向けてきた表情は、いつもの穏やかなものに戻っていた。

「魔と闘うことなどなきように、鬼を討つのに懸命になっておるのだ」

「これまで、天蓋さまが魔と闘ったことは」

「ない。拙僧ばかりでなく、今の討魔衆や耳目衆、その差配をしておられる方々のいずれも、幸いなことに魔に出遭《でお》うたことはなかった」

「では、かつては」

「ただ一度だけ。我らが始祖にあたるお方が魔と行き遭う巡り合わせとなり、ようやくお鎮《しず》めになられた。今から、二百五十年ほども前の話よ」

「さほどに……討魔の業は、それほど古くから行われてきたのですか」

「我らが始祖より前に、魔を封じた者がおったかどうかは定かではない。あるいはそうではないかと思われる出来事が、いくつか伝わってはおるがの。

我らの始祖が魔を鎮められた後、今のような討魔の一団を創り上げるのに二、三十年ほどは掛かっておるそうな。ゆえに、この業が連綿と伝えられるようになってから、二百年と少し経っておる、ということになろうかの」

「それほど昔にただ一度あっただけということは、皆様の先達《せんだつ》の方々がずっと上手く鬼を討ってこられたということですね」

「これまでは、の」

「？」

「我らが、先達と同じほどに上手くやり遂《と》げねば、いつ再び魔が生ぜぬとも限らぬ。そして、昨今大いに増えてきた鬼の出現――これまでとは違い、魔は今こそ、この世に姿を顕そうとしておるのやもしれぬ」

天蓋はそこまで語ると、あとはぴったりと口を閉ざした。今起きつつある異変について天蓋は「鬼の頻出《ひんしゅつ》」を要因に挙げた。しかし内心では、早雪や一亮のような異端児《いたんじ》が次々に現れていることも、怖れを抱く原因になっているのかもしれない。

一亮はそのことを、はっきりと自覚していた。

四

人々がひっそりと寝静まった深夜。桔梗たちが、まだ奥州からの旅の疲れを癒《いや》している間のことである。

わずか後には桔梗たちが死闘を繰り広げることになる水戸街道新宿と、千代田のお城を真っ直ぐ結んだ線の、中間点よりはいくぶんお城に寄った辺り。多くの寺院が建ち並ぶ一画に、周囲の景色に紛《まぎ》れてひっそりと佇む小さな堂宇《どうう》が存在する。

その堂宇の中では、ほとんど明かりも灯《とも》さぬままの広い板間に、数名の人物の気配がしていた。密《ひそ》かに集《つど》った者らは皆禿頭《とくとう》で、袈裟らしき衣を身に纏っているようだ。

決して表には出せぬ務めを自らに課した、『評議の座』と称する者らの、会合の場だった。表には出せぬ務め――人ならぬモノに変じ世を乱す存在を、討魔衆を使って密かに始末することである。

「……というのが、戻ってきた天蓋の話したる一部始終にござる」

低い声で一同に向かい話していた者が、そう言葉を締《し》め括《くく》った。評議の座の中で、取りまとめ役を補佐する立場にある宝珠《ほうじゅ》という名の僧である。

この場で皆に披露《ひろう》されたのは、天蓋らの一行が奥州への旅において見聞きし、くぐり抜けてきた一部始終についての話であった。

宝珠が口を閉ざしても、しばらくは誰も発言する者がなかった。長く続いた沈黙の後、ようやく一方から、呟《つぶや》きが漏《も》れ出る。

「なんと、そのようなことが……」

重責を担《にな》う集団の正式な構成員でありながら、どこまでも驚き呆れているというだけの発言に聞こえた。これに続く声のないところからすると、残る者らもまただ同じ思いに駆られているのであろう。

別の一人が、ようやく気を取り直したように問いを発する。

「で、天蓋が連れ戻ったという娘子《むすめご》は」

「いまだ、天蓋の庇護の下に——彼《か》の者が先に連れ帰った小僧ともども、手許に置いておるとのこと」

宝珠は、内心の感情を押し殺したためか、無愛想《ぶあいそう》なほど淡々と聞こえる口調で答えを返した。

「そのような勝手な振る舞いを……万象《ばんしょう》様をはじめ皆様方は、それをお認めになられたのか」

非難含みの追及が上がった。もし今の話が本当ならば――こうして集められたからにはただの冗談であるはずはないのだが、天地がひっくり返るほどの重大事だった。

問責には、一座の長である万象が応じた。

「認めるかどうか、そしてこの件につき今後いかにすべきかを決めるため、皆に集まってもらったのではないか」

「しかしそれにしても、天蓋に委《ゆだ》ねたままにしておくとは――」

「どうすればよかった。彼の地で鬼が娘にしておったように、罪もなき子供をどこぞへ閉じ込めておけばよかったと申すか」

反問されれば、返答に窮《きゅう》する。

己らが呼ばれてこの場に在るからには、全く万象の言うとおりだろうと腑《ふ》に落ちる。とはいえ、予想だにしなかった突拍子《とっぴょうし》もない話をたった今聞かされたところで、急に意見を求められたとて簡単に答えられるものではなかった。

「樊恵《はんけい》殿はどうお考えか」

とりあえずときを稼ぐため、他人に話を振った行為ではあった。ただし、どう考えても好ましいとは思えぬ事態の推移に、いつも天蓋らの行動に批判的であった樊恵の存念《ぞんねん》を訊きたいという気になったのも、心の動きとしては当然のことであったろう。

矛先《ほこさき》が向いた樊恵は、即座に火の出るような言葉を返してくる、いつもの様子とは違っていた。しばらく黙した後、皆の注目が集まり続ける中で、ようやく口を開く。

「このような状況が、いつまでも続いてはならぬと存ずる」

話されたのは、それだけだ。皆が期待したような、「何がどう悪かったか」とか「これからどうすべきか」など、普段ならば舌鋒《ぜっぽう》鋭く言及するはずの事柄には、触れようともしない。

「真《まこと》に、そのとおりであろうな」

問うた者からは、間の抜けたような応答が返される。

「で、いつまでも続いてはならぬなれば、どうすると？」

珍しく、万象が苛立《いらだ》ったように応答者へ先を促《うなが》す。

これに反発を覚えた一人が、「お待ちくだされ」と声を上げた。

「我らは、かほどまで途方《とほう》もない話を、今初めて耳にしたところにござる。今後の在りようについてすぐに意見を求められても、戸惑うばかりにて。万象様方は、我らより早くにこの事態を把握しておられたはず。まずは、そうした皆様方のお考えをお聞かせ願えませぬか」

先ほど樊恵に考えを問うた行動に、意を得ての発言であろう。当然といえば当然の要求へ、万象は口を引き結んだ。

「そなたらに我らの考えを示さなかったのは、他者の意見に左右されることのない、そなたら自身の忌憚《きたん》なき考えを聞きたかったがため。我らそれぞれの考えは、皆の話を聞いた後に開陳《かいちん》するつもりであった」

今の言葉で、自分たちが招集を受ける前に万象らの間でどのような話がなされたかについて、そうではないかと予測したことが正しかったとはっきり推察できた。

要するに意見が割れ、収拾《しゆうしゆう》がつかなくなったのだ。万象が「我らそれぞれの考え」と口にしたことも、合意を見いだせなかった状況を表している。

かくして自分らが呼ばれる前の成り行きが推《お》し量《はか》れるようになったとはいえ、「では我が考えを」と軽々《けいけい》に口を開くことができるはずもない。宝珠から聞かされた話は、さほどに深刻なものであった。

場つなぎを求めた一人が、思いつきを口にした。

「これからどうするかを考える前に、今のお話を基にして、これまでどうであったかを検討するほうが先ではございませぬか。そうしているうちに、それぞれの考えもまとまってきましょうから」

「ならばそれでもよい。皆で面《つら》突き合わせたまま、互いを眺めておってもときを無駄にするばかりであるからの」

万象の応諾《おうだく》を受けて、提案した僧が口火を切った。

「まずは、天蓋らを奥州へ送った判断が正しかったかどうかでござろう。彼の者らが赴《おもむ》いておらねば、かくも難しき事態に立ち至ってはおりませなんだからの」

これには、今までずっと黙していた知音が応じた。このごろ常に樊恵とは意見が対立し、こたびも紛糾《ふんきゅう》の因となった一方の当事者と目《もく》される男である。

「もし天蓋らを奥州へ送っておらなんだら、涅槃《ねはん》の里と呼ばれた彼の地には鬼が満《み》ち溢《あふ》れるような事態になっておったと思われまするが」

「確かにそうなってから気づいたのでは、もはや手遅れだったかもしれぬの」

本日初めて事情を聞かされた一人が、頷《うなず》きながら言った。

樊恵が苦々しげに口を挟む。

「ただの憶測《おくそく》で『だったかもしれぬ』では、意見になるまい。天蓋の話を聞く限り、鬼を数多く芽吹かせたとはいえ、いまだ全てが寝惚《ねぼ》けたような緩慢《かんまん》な動きであったと申すぞ。さほど深刻に捉えるべき事態であったかは、甚《はなは》だ疑問に思うが」

「それでも、天蓋の小組があわやというほどに苦戦する数でございましたぞ」

知音の反論を、樊恵はにべもなく切り捨てる。

「未熟な天蓋の小組だったからであろう」

「こちらから人を送り込んだ結果衝突するような事態が起きることを懼《おそ》れて何もせず、江戸まで評判がはっきり聞こえてきた後になってからようやく腰を上げておっても、ことは無事に済んだでしょうか？　しっかりと芽吹いた後では、たとえ壱《いち》の小組や弐《に》の小組を送っていたとしても苦戦は免れなかったと、愚僧《ぐそう》には思われますが」

「そなたは、壱の小組や弐の小組の力を侮《あなど》りすぎておる」

樊恵は一方的に断じた。が、知音は引き下がらない。

「本《ほん》に左様《さよう》でございましょうか。天蓋が連れ帰った早雪という娘——あの娘が、樊恵様が懸念するほどの能力を確かに備えておったならば、たとえ壱の小組や弐の小組を送っていたとて簡単に始末はつかなかったのではと思われませぬか」

鋭い目で見返してきた樊恵が口を開く前に、知音はさらに言葉を続けた。

「さりながら、本当に憂《うれ》うべきは、そのことではありませぬ」

知音と樊恵のやり取りを聞いていた者の一人が、「では何を?」と問いを挟んだ。

知音はその者へ向き直って己の考えを口にする。

「先ほど樊恵様は、彼の地で芽吹いた——芽吹きかけたというべきかもしれませぬが、その鬼について『いまだ全てが寝惚けたような緩慢な動きであった』とおっしゃった。しかしその緩慢な鬼どもにすら、村の者らはろくに抵抗もできぬまま多くが食い殺されたのですぞ。もし、江戸へ評判が伝わってくるほどに騒ぎが大きくなるまで放置しておったなら、いったいどれほどの無辜《むこ》の民が犠牲になったことか。

そして、さほどの大ごとになってしまえば、我らがこれまで密かにことを収めんとしてきた苦労が全て水の泡となってしまいかねぬほど、鬼の存在が世に喧伝《けんでん》されてしまっておったでしょう。果たして、それでもよかったと仰《おお》せなのでござりましょうや」

「今までも、鬼の仕儀《しぎ》が世に広まりかけたことはあったが、我らが先達の尽力《じんりょく》により全て未然に防がれておる」

樊恵は反論したものの、語調はそれまでよりも明らかに弱かった。

やり取りを聞いていた一人が、ぽつりと考えを漏らす。

「以前、知音殿は『このごろの芽吹きでは犠牲者が明らかに増えておる』と言うておられたが、こたびの一件を見てもその考えは正しかったように思われるの」

「芽吹きの有りようが、これまでとは違ってきておるということか」

別の一人が不安げに応ずると、さらに別の者も己の意見を口にした。

「こたびの一件で話題に上がっておる早雪なる娘の出現も、その一部ではないかの。今まで、かような話は一度として耳にしたことはないぞ」

「聞いたこともないと言うなれば、鬼が鬼を作らんとしたという話からして驚くべきことじゃ。このような異変が今後も起こるとするなら、いったい我らはいかにすべきなのか……」

拡散しつつある話を元に戻そうと、万象が皆に告げる。

「方々。今なされておる話は確かに重要なれど、この場ですぐに何かを決められるというものではない。先に、目の前にある問題について決着をつけるための話し合いを進めていくべきかと存ずるが」

一座の取りまとめ役の提起を受けて、仲間内で語り合っていた中の一人が応えを返してきた。実尊《じっそん》という名の僧である。

「万象様。そなた様が仰せになられた『目の前の問題』とは、早雪なる娘をこれからどう扱っていくかということにござろう」

この問いに対しては樊恵が横合いから口を挟む。判断の難しい重要事を先送りしがちな面々に向かい、釘《くぎ》を刺すひと言を放ったのだった。

「しばらく様子見を決め込んで、このまま天蓋らの手元に置いてよいのか、ということでもあるがの」

言葉を返された実尊は、「とは言われても……」と困惑顔になる。万象や樊恵の顔色を窺《うかが》いながら、その場その場の思いつきを口にしていくことにした。

「先ほど伺った話によると、その娘自体には芽吹きの兆候は全く見られぬとのこと。なればまさかに、我らの手で害するというわけには参りませぬな」

樊恵がヒクリと顳顬《こめかみ》を動かしたのへ、実尊は見て見ぬふりをした。自分らが呼ばれる前に万象らが内々で話し合ったところを見ていなくとも、論争の中で樊恵が何を主張したかはおおよそ察しがつく。

その上でこの場の樊恵がかくも大人しいとなれば、激越《げきえつ》な主張は論破されたのだろうと容易に推測できた。実尊の筋立ては、この推測に基づいて行われている。


実尊は、さらに話を進めた。

「この江戸まで連れてきて、今さら放り出すというわけにいかぬというのも、また当然の理《ことわり》」

樊恵は、議論を主導し始めた実尊を、嫌な目で流し見た。

「江戸まで連れてきたことの是非《ぜひ》が、そなたの理屈立てからは抜けておるようじゃが」

実尊は即座に応じた。

「我らの手で害すべきモノではないからには、一村全てが壊滅《かいめつ》した山中へ置き去りにすることはできますまい。それは、我らの手で始末するようなまねができぬのと同じこと。

また、その娘の怪しき能力を思えば、当地で、あるいはこの江戸で事情も知らぬ誰かに預けて後は感知せぬ、というわけにも参らぬと存ずるが――なれば、天蓋がここまで連れ戻っておることは、致し方なき仕儀ではございませぬか」

はっきり言い切ってしまってから、実尊は微かな後悔を覚えていた――これでは、一方の実力者である樊恵から、「敵対する態度を示した」ように見られてしまうやもしれぬ。

恐る恐る樊恵の様子を盗み見ると、案の定、不機嫌さを隠さずにいる。それでも反駁《はんばく》してくることはなく、ただ「続けよ」と先を促してきた。

実尊は、今さらながら気を使いつつ話を進める。

「なれば、奥州より連れ帰った天蓋の小組がとりあえず預かるのは、当然の成り行きにござろう」

樊恵は感情のない目で実尊を見返しつつ、「とりあえずのところは、の」との み応じた。今さら退《ひ》けない実尊は、戸惑いを感じつつも言葉を続ける。

「さりながら、かような者を他に預けることは……。まさか壱の小組や弐の小組に任せようにも邪魔にされるばかりでありましょうし、我ら評議の座はもとより、耳目衆とて女人《にょにん》禁制の暮らしをしておりますれば、手許へ引き取ることはできませぬ。

それ以外のところ――たとえば、我らとは関わりなき見世物小屋に委ねるなどというわけにもいきますまい。それでは、あの早雪なる娘に覚えた危うさを、見過ごしたまま放置するのと変わりはござりませぬからな」

「要するに、そのまま天蓋の小組へ預け置けということか」

万象が結論を先取りするように言った。樊恵は無言のまま口元を歪《ゆが》めている。

二人の顔色を見比べていた実尊は、ふと思いついたことを口にした。

「お山へ送ることは、できぬのでしょうか」

己の隣に座す仲間が、「お山へ送ってどうする」と問いを発してきた。万象も意味ありげに見返してきたのをそのままに、実尊は己の名案に昂奮《こうふん》して畳み込む。

「無論のことお山も大部分が女人禁制ではありますが、全ての場所で拒《こば》まれるというわけではござりますまい。尼僧《にそう》となすか――あるいは場合により、討魔衆の一員に育てられるやもしれぬのではござりませぬか」

「討魔衆にの」

樊恵の反応が嘲笑《ちょうしょう》のように聞こえたことへ、実尊は反発を覚えた。

「我ら評議の座がこれほど頭を悩ますだけの力を秘めておる娘にござります。資質には、十分なものがあろうかと存じまするが」

「そうじゃの。一つ間違えれば、全てを無に帰するほどの力を秘めておるやもしれぬ娘ゆえな」

樊恵の冷えたもの言いに、実尊は返す言葉を失った。

万象が、おもむろに口を開く。

「お山には、受け入れてもらえるか問い合わせをしているところじゃ。使いを出したばかりゆえ、返事が来るにはまだしばらくときが掛かろうがの」

この発言に、樊恵は「愚昧《ぐまい》は聞いておりませぬぞ」と抗議の声を上げた。

万象は静かに返す。

「どのような返事が来るか判らなんだゆえ、皆には知らせずにおった――この場で、お山に送るのとは別の結論が出るかもしれなかったしの」

樊恵は、何とか自制を取り戻して次の問いを発する。

「して、お山の返事を待つにせよ、それまではどうなさる。このまま、天蓋の小組に預け置くおつもりにござりましょうや」

これには、しばらく口を閉ざしていた知音が返答した。

「娘は近々、愚僧のところに参ることになっております」

突然の発言に、万象までもが意表を衝かれたようだった。

「そなたのところで世話をすると？」

「宿坊《しゅくぼう》に泊めるつもりはありませぬ。あくまでも、昼に預かるだけにございます」

「どういうことかの。天蓋らは、己で連れて参った娘を放り出したと申すか」

この問いにも、知音は落ち着いた答えを返した。

「いえ。普段の世話は、これよりも天蓋の小組に続けさせるつもりでおります――もっとも、皆様がそれではならぬとご判断なされば別にござりますが」

「我らが判断はひとまずどうでもよい――そなた、『普段の世話』と申したの。天蓋の小組にとり、何か『普段』ではなくなることが起こるというか」

「天蓋らには、我ら評議の座より課した務めがありまする」

「……そなた、江戸に戻してすぐに芽吹きが疑われる場に出すつもりだと？」

「町方役人に張り付けたままの者もおり、耳目衆が少々手薄になってきておりまする。使える者を、遊ばせておくような余裕は今の我らにはござりませぬゆえ。それに、遠方ではないにせよ、こたび出すは町方の支配が及ばぬ場所にござります」

「しかし……」

「芽を摘《つ》むのが確定した場に出すなれば皆様方のご了解が要りましょうが、天蓋らを向かわせるのは、そこまで喫緊《きっきん》とは断じられぬところ。愚僧とて、評議の座の一員としての決まりは、しっかりとわきまえておりまする」

芽を摘む場なればともかく、芽吹きが「疑われる」というだけのところへ人を向かわせるのにいちいち評議の座に招集を掛け同意を求めていたのでは、対応が遅れて重大事に進展してしまう懼れがある。だから、たとえ一人でも評議の座に列する者が必要と判断したなら、即座に出動させてよいことになっていた。

ただし、これまで芽吹きが「疑われる」だけの場所へ差し向けるのは、あくまでも耳目衆であった。耳目衆が芽を摘む業に関与することはないため、誤って芽吹いてもいない者を害するような懼れは、いっさいなかったのだ。

ところがこのごろは、芽を摘むことをお役とする討魔衆の主力をすぐに差し向けるほどではなくとも、少なからず芽吹きが疑われるような場に、天蓋の小組を遣《つか》わすことが行われるようになった。天蓋の小組は元々、討魔衆の活動を直接補助する存在になればとの意向で組織されたものの、一本立ちさせるにはいまだ力不足であると評議の座の面々が考えたことからの方針である。

天蓋の小組は、基本的には耳目衆同様の働きを期待されながら、いったんことが起こると本来の討魔衆としての役目に戻るという、変則的な活動を行うようになったのだ。

江戸が今までにないほどの芽吹きの気配を見せている中、天蓋の小組をいわば「遊撃部隊」として扱うことで、万象ら評議の座は様々な事態へ柔軟に対応することが可能になったと言える一方、組織の新たな運用は、評議の座にこれまでなかった問題も抱え込ませることになっている。

芽吹きの気配を察した知音が、評議の座での合意を得ることもなく天蓋の小組を差し向けることは、同人が天蓋らに「耳目衆的な働き」を求めて行ったことである以上、確かに決まりごとに反してはいない。しかしながら、出した先で芽吹きが確認された場合、天蓋らは自分らだけの「現場の判断」で討魔の業を行使することになるのだ。

そして天蓋らが「独断で芽を摘む」という本来例外的であるはずの行為が、本日議題に上がっている『涅槃の里』の一件をはじめとして、頻発する状況が生じていた。樊恵が天蓋らに危惧を募らせているのも、こうした現状に目をやれば宜《むべ》なるかなと頷けるものがある。

――では、どうするか。

天蓋の小組に他の討魔衆同様の縛りを掛ければ、せっかく得た機動性が失われる。

それで芽吹きが異常なほどに増えている現在の状況に対処できるかとなると、万象にも自信はなかった。天蓋の小組に半ば勝手な振る舞いを許している今でさえ、危うい綱渡りをしながらどうにか失敗《しくじ》らずに済んでいるという心境でいるのだ。

「今、他に芽吹きが疑われておるところはあるか」

不意にこれまでの話し合いからはずれた発言をした万象に、補佐役の宝珠は「いえ、特には」と応じた。

万象が、知音を見る。

「して、こたびは天蓋らをどこへ出すつもりだ」

「水戸街道。とはいえ、先ほども申し上げましたが、江戸からそう離れたところまで行かせるつもりはございませぬ」

知音は、一座の取りまとめ役を見返しながら静かに答えた。

五

そして、水戸街道新宿。天蓋の小組が襲い来たモノらと死闘を繰り広げている場。

ずっと身を隠したまま、位置取りを変えながら執念深く自分らを狙ってくる鬼どもの襲撃に、桔梗と健作は窮地に陥っていた。刃のように鋭い草の葉を飛ばしつつ吹きつけてくる烈風《れっぷう》に、天蓋も苦戦を強《し》いられている。

にもかかわらず無力な子供に過ぎない一亮は、手を出すことすらできずに、ただ傍観しているしかなかった。

「名妙法蓮華経……若不、違我……」

天蓋は懸命に読経を続ける。桔梗たちの苦況は十分認識していたが、今やっていること以外で己にできることはなかった。

さらに声を高め、法華経を念ずる。飛来する草の葉に切り刻まれるのを覚悟で、直立不動の姿勢を取った。

「王聞仙言歓喜踊躍即随仙人」

「王聞仙言歓喜踊躍即随仙人」

――!?

「供給所須採果汲水拾薪設食」

「供給所須採果汲水拾薪設食」

最初は錯覚《さっかく》かと思ったが、確かに自分に唱和する声がある。

それが証《あかし》に、自分に向かって吹きつけてくる風が明らかに弱っていた。草の葉が顔に当たったが、掠《かす》り傷をつける力もないまま飛び去っていく。

見やれば、桔梗たちを狙う草叢のうねりも移動する速さを減じていた。

「乃至以身而作状座身心無倦!」

「乃至以身而作状座身心無倦っ」

天蓋が読経する声をますます高めると、唱和も追随してくる。それは、艶《つや》のある女の声だった。

――この声は……。

天蓋に唱和する声は桔梗たちの耳にも届いていたし、なにより自分らに向けられる息苦しいほどの殺気が弱まったことが、状況の大きな変化を知らせていた。

すると草叢の中に、小柄な男の姿がひとつだけ湧き出た。長手拭《ながてぬぐい》を喧嘩被《けんかかぶ》りにして半纏《はんてん》に股引《ももひき》、出職《でしょく》（大工《だいく》など屋外の仕事）の職人か振《ふ》り売《う》り（行商）のような格好で、桔梗も見知った姿であった。

男はだらりと下げた両手の手首を捻ると同時に手を開き、また捻っては閉じるという動作を行っている。男の動きに合わせて、何か円形の平たい物が男の手から草地へと落ちていき、途中で引き返して手の中に戻っていく「昇降」の動きを繰り返した。

——あんなとこに立ってちゃあ……。

桔梗は、男が現れた場所に危惧を覚えた。

案の定、二つのうねりが草叢の中で同時に生じて男へと向かった。

しかし、男に動じた様子はない。

桔梗は、男に向かったうねりの一つに手裏剣を投じようとして——途中でやめた。近づいてくるうねりからあえて目を離した男が、桔梗を見る目で無言のままに制止してきたと感じたからだった。

——もう、行き当たる！

さほどまでうねりを引きつけてから、男はようやく動いた。両足をさっと開くと、下げたままの左右の腕を体前へ持っていき、両手首を鋭く外側へ捻ったのだ。

左右両方の手にあった円形の塊《かたまり》が、勢いよく別方向——二つのうねりのほうへと投じられた。

男の手から放たれた円形の塊は、密生する草などないかのような勢いで、うねりへ向かって飛んでいく。

——当たったか、それとも躱されたか。

円形の塊が草叢に群生する葉を跳ね散らかしながらうねりと交差したとき、男はグイと腕を引いた。男の動きに連動して、放たれた塊は勢いを保ったまま軌道を変える。

ギャッ。

グエッ。

二つの塊が薙《な》ぎ払った辺りから、それぞれに叫び声が上がった。

いつの間にか、草原にもう一つの人影が現れていた。

新たな人影は二本差で、うねりが移動していた先へ、刀を抜きながら駆けていく。

悲鳴が上がった辺りに一度ずつ手の抜き身を突き刺すと、健作が草の束の中へ閉じ込め桔梗が手裏剣を打ち込んだところへも足を向けて、同じことをやった。

息の根を止めるために必要な止《とど》めを刺し終えた後、パチリと音を立てて刀を鞘《さや》に納める。擦り切れた単衣《ひとえ》に煮染めたような裁着袴《たつつけばかま》、体も顔もいかつい浪人姿の男だった。

先に現れた男のほうも、すでに己の得物を両手に回収し終えていた。

「終わりましたなぁ」

天蓋は声を掛けてきた女のほうへ視線をやった。

舞台衣装をそのまま纏ってきたような、あでやかな形《なり》をしている三十過ぎほどの年増《としま》が艶然《えんぜん》と笑いかけてきていた。その声は、天蓋の読経に唱和した者で間違いなかった。

「於蝶太夫《おちようだゆう》……」

天蓋が、女の名を呼ぶ。

於蝶太夫と呼ばれた女は、わずかに眉を顰《ひそ》めて独りごちた。

「どうやら一匹、取り逃がしちまったようですねえ」

天蓋には、応える言葉もない。現状への対処で精一杯で、敵の様子をそこまでしっかりと把握できていなかったのだ。

於蝶太夫は、すぐに気を取り直して天蓋に言った。

「まあ、よござんしょう。これだけ痛い目に遭いなすったら、もうそうそう簡単には出てこられないでしょうから」

於蝶太夫は、笑顔を桔梗や健作へも振り向けた。

「お二人とも、ご苦労様でしたねえ」

茫然としているのは、二人も天蓋と同様だった。

自分らが苦戦した相手が、於蝶太夫たちが参戦したとたんにあっさりと片付いてしまった。しかもその間、桔梗たちはほとんど何もしていない。

桔梗が、ぽつりと口にする。

「なんで、弐の小組がこんなところへ……」

於蝶太夫の関心は、全てが終わってのろのろと立ち上がった一亮に向けられたようだ。

「あら。天蓋さまが連れてきた小僧さんって、あなたかしら？　まあ、可愛いこと」

於蝶太夫にとっては天蓋らの疑問はどうでもいいようで、一亮に向かってニッコリと笑った。

芽吹いたモノたちの力が失せたからだろうか、気づけば、先ほどまでよりずいぶんと暗くなっていた。

第二章　討魔《とうま》衆《しゅう》弐《に》の小組《こぐみ》

一

深夜、いつもの堂宇の中に評議の座の面々が集《つど》っていた。今はちょうど、一座のとりまとめを補佐する宝珠が、水戸街道新宿近辺において芽を摘んだ子細《しさい》を報告し終えたところであった。

座の一員が、溜息をつきながら感想を述べる。

「しかし、いつもながら危うき次第にござりますな」

別の者らが同調する。

「未熟な天蓋の小組なれば、仕方のないことやもしれぬが」

「万象様は、よう弐の小組を出してやるとの決断をなさいましたな」

水を向けられた万象が、淡々と応じた。

「壱、弐、二つの小組ともに偶々《たまたま》空いておるということだったでな、無駄になるやもしれぬが出てもらったのよ——正直なところ、どうも嫌な予感がしておったのだ」

芽を摘ませるために討魔衆を出すには、評議の座の合議を経《へ》なければならないのだが、例外はある。一座の長である万象には、事後全体で追認を得ることを前提に単独での決裁権が認められていたし、こたびについていえば「予備的」な出動であったため、いわば「天蓋の小組を出して様子を窺《うかが》わせる」のと同様の行為と見なされた。

なお、弐の小組を天蓋の小組の「代わりに」出さなかったのは、それをやれば一同で決めた「天蓋の小組の使い方」に反することになるからだ。取りまとめ役の万象としては、評議の座による決定の価値を損なうようなまねを、するつもりはなかったということであろう。

「しかしながら、天蓋の小組を出す先では、さほど疑いが濃くないはずのところでも、よう芽吹きに行き当たりまするな」

「ただの巡り合わせなのか、天蓋の持つ運や定めによるものか——あるいは、芽吹きを察知するという、天蓋の連れてきた小僧がおるゆえか」

とりあえずは無事に芽を摘めたということで、皆が穏《おだ》やかに進める会話に、割って入った者がいた。

「そのように、のんびりしておってよいときではありませぬぞ」

「樊恵様、それはどういう」

困惑《こんわく》の声に、叩きつけるような答えが返される。

「考えてもみよ。員数《いんずう》にも入らぬ天蓋の小組とは申せ、我らの知らぬところで討魔衆が出され、危うく芽を摘み損なうような仕儀に立ち至ったのだぞ」

「まあ、そうではございますが……」

こたび、天蓋の小組が出されたのは、知音の独断で行われたことだった。

知音は、表情を変えることなく樊恵を見返し、静かに問うた。

「愚僧に罪ありと仰せでしょうか」

樊恵は知音を睨《にら》み返した。

「そなた自身は、何もなくて済むと思うておるのか。芽を摘み損ないそうになったばかりでなく、天蓋の小組そのものが全滅するところだったと申すに」

「芽を摘む業は、こちらが斃すか相手に斃されるか。己の身を危険に曝《さら》すことなく、なせることではありませぬ」

「そなた、言い逃れをせんとするかっ」

強い言葉で非難されても、知音は冷えたままだった。

「我に課されたる責より逃れるつもりはありませぬ。罪ありと言われるなら、いかようにも咎《とが》をお与えくだされ」

さらに言い募ろうとする樊恵を、万象が「まあ、待て」と止めた。

「知音は我らの定めを破ってはおらぬ。天蓋の小組は様子見のために出したものだし、この行為は我ら評議の座が一致して認めたことゆえな」

「しかしながら、こたび天蓋らは芽吹きに遭遇《そうぐう》しながら、これを摘む業を為損《しそん》じております る」

抗弁する樊恵に対し、脇からも宥める声が上がった。

「樊恵殿、それはいささか。討魔衆は皆、命懸けで己の使命を果たしておるのですぞ。であるからには、失敗ったからとて責めるのはいかがなものか」

「愚昧《ぐまい》は組子《くみこ》(構成員)の中の誰かが悪いと申しておるわけではない。さほどに危険な場へ、拙劣《せつれつ》な天蓋の小組を差し向けるような愚行を続けることに、疑義を呈《てい》しておるだけじゃ」

「それではまるで、知音殿が芽吹きを確信しながら、怪しいだけと偽《いつわ》りを申して天蓋の小組を出しておるように聞こえまするが」

樊恵は己で答える代わりに知音に返答を求めた。

「知音、どうなのじゃ。そなたは、芽吹きがあると知って天蓋らを行かせておるのではないか。さもなくば、天蓋らのみがあれほど芽吹きの場に行き当たる説明がつかぬ」

知音は、よどみなく応じた。

「あるいは、と思うて出していることを否定は致しませぬ。そうでなければ、天蓋らを出すこと自体、皆様もお認めにはなられぬ」

「そのようなことを訊いておるわけではない。芽吹きの『疑いあり』というよりも、実際には『確からしい』と知った上で、天蓋の小組に行かせておるのではないかと申しておるのじゃ」

「そのようなことを、どうやって。怪しきところがあるかを探って参るのは耳目衆にござりまするが、天蓋らを出した先はいずれでも、耳目衆から『怪しい』以上の報《しら》せは入ってきておりませぬぞ」

「……天蓋のところには、あの小僧がおるではないか。小僧が芽吹きを察知できるとなれば、天蓋とそなたは容易にその場を突き止められるであろう」

「一亮が遠くの芽吹きを察知したことは今まで一度もありませぬ。その一亮は、天蓋の小組と行動を共にしておるのみにござりますれば、一亮の能力により芽吹きの場を突き止めて天蓋らを出したということは、いっさいござりませぬ」

知音に対する糾弾《きゅうだん》を、万象は「樊恵よ」と声を掛けて止めた。

「そなた、ずいぶんと深き疑いをもって知音を責め立てておるように聞こえるが、そうするに足る確かな証があるのか」

「そこまで確たるものは――さりながら、ただの疑いで出しておるにしては、天蓋の小組が芽吹きの場に出くわす頻度《ひんど》が、あまりにも高すぎましょう」

万象が、今度は知音に問う。

「そのことにつき、知音はいかに考える」

一座の取りまとめ役に対しても、知音は落ち着いて答えた。

「確かに愚僧も、あまりに多すぎると考えまする」

ただの偶然だ、という答えが返されるものだとばかり思っていた居並ぶ面々は、はっと息を呑んだ。知音はいささかも昂《たか》ぶることなく続ける。

「さらに申せば、『とりあえず芽は摘んだ』とて緊張を緩めた皆様のやり取り、のんびりし過ぎておると仰せであった樊恵様のお考えにも、愚僧は同意致します」

万象は、「どういうことかの」と発言の意図を問うた。

「されば、こちらが巧《たく》まずしてかほどに芽吹きの場に遭遇することが多いは、芽吹き自体が激増していることの何よりの証。数多ければ、こちらより人を出した先で出くわすことが多いのもまた道理」

知音の話に樊恵が反駁する。

「それが、全て天蓋の小組でもか」

「芽吹きがあるのかないのか、判然《はんぜん》とせぬような疑わしき先に出した討魔衆は、天蓋の小組のみ。もし、壱の小組や弐の小組を代わりに出していたとて、やはり芽を摘む業へと進んでおりましたろう」

この返答に、樊恵は言葉を返せなかった。得心されたものとして、知音は続ける。

「しかも、それだけではござりませぬ」

「他に、何がある」とは、万象。

「天蓋が一亮を救《たす》け出した折は、芽吹いたモノが夫婦ともどもであったゆえこれは例外としても、一度に二匹以上のモノが芽吹くような事態が多すぎるとは思われませぬか——向島百花園《ひゃっかえん》では子供らしき鬼が十匹以上、奥州根張村ではさらに多数、こたびの水戸街道新宿でも、三匹斃した上にもう一匹、逃げたモノもおるのではという話が出ております る。

これまでずっと、討魔衆が芽を摘む場で直面する相手は、ほとんどが一匹だけだったではござりませぬか」

万象が「ムウ」と唸《うな》ったのは、知音の主張に頷くところがあったからであろう。

「さらに申さば、その顕れたる鬼の様相も、今までとはどこか違っておるように思われてなりませぬ——宙を飛ぶ途中でまるで羽があるかの如《ごと》く方向を変え、己の力で無理矢理《むりやり》人を芽吹かせて仲間を増やさんとし、そしてこたびは結界を張り巡らせ、獲物を囲い込むことまでやってのけたようにございます。鬼がこのようなまねをするなど、かつて愚僧は一度も聞いたことはありませなんだ。

正直に申し上げましょう。愚僧は今、恐ろしさに打ち震えておりまする。鬼どもがさらに様々な能力を持つようになったなれば、今の我らでいつまで太刀打《たちう》ちできようか、と」

樊恵が、吐き捨てる。

「情けない。評議の座に列する者が、さような負け犬根性でおるとは——よいか、我らは始祖の代より、世の裏側からこの日の本を守るべく、何より大事なお役目を拝命しておるのじゃ。それを、芽吹いたモノらが少々毛色の変わったことをしてみせたからとて、たちまち怖じ気《おけ》づくとはの。

さように恐ろしければ、評議の座などからは早々に降りて、己の宿坊で頭から蒲団《ふとん》でも被って震えておればよかろうが」

この非難まで受け流していたのでは、己の真意が皆に伝わることはない。知音は、正面から反論した。

「愚僧は、己の命を惜《お》しんで恐ろしいと申しておるわけではありませぬ。果たすべきお勤めに一身を投げうつ覚悟はできておるつもりにござります——我が恐ろしいと申したは、鬼がかほどに様々な手立てを講じられるようになれば、そのうちに我らの思いも寄らぬような振る舞いをなして、討魔衆を返り討ちにしてしまうような凶事が起きぬかと案ずるゆえにござります」

知音の真剣な主張を、樊恵は「馬鹿な」と嗤《わら》った。

「さような不出来をしでかすとすれば、天蓋の小組ぐらいであろう。壱の小組や弐の小組に限って、そのようなことはあり得ぬ。

さほどに心配なれば、そなたが手ずから天蓋の小組を鍛え直してやったらどうじゃ。そなたとて評議の座に列するほどなれば、未熟な討魔衆を一本立ちさせる手助けぐらいはできようが」

知音は、冷たい目で樊恵を見返した。

「天蓋の小組への辛辣《しんらつ》なお言葉は　承《うけたまわ》りましょう——しかしながら、壱の小組や弐の小組なれば絶対に負けることなどないというお考えは、高慢《こうまん》にすぎてはおりませぬでしょうか。破綻《はたん》は、いつの世も慢心《まんしん》より生じるものにござりまするぞ」

「愚昧が高慢であると？」

「言葉が過ぎたことはお赦しください。愚僧が申し上げたかったのは、たとえ壱の小組や弐の小組であっても絶対などということはあり得ぬ、という道理にござります る」

「たとえ何があろうとも、壱の小組や弐の小組が芽吹いたモノに敗れるなどということはあり得ぬ。そなたが案じておるのは、空から天が落ちてはこぬかという、まさに杞憂《きゆう》そのものよ」

「真にそうでしょうか」

「……何が言いたい」

「壱の小組や弐の小組がさほどに完璧《かんぺき》なれば、なぜにこたび水戸街道新宿では、鬼を一匹取り逃がしてしまうような仕儀となったのでしょうか」

「そう感じた者が一人おったというだけ。確実な話ではあるまい——そしてもし逃がしたのが事実であったとしても、上手《じょうず》の手から水が漏る、ということがたまさか起こるぐらいは、やむを得ぬことであろう」

「まさに、愚僧が憂いておるのはそのこと。漏れた水が、皆を溺《おぼ》れさすほどに溢れ出ることにござります」

「だから、そのようなことはあり得ぬ。水戸街道新宿では、天蓋の小組が弐の小組の足を引っ張ったゆえ、一匹逃がしたかもしれぬと思わせるような混乱が生じたのであろうからの」

「弐の小組を率いる小頭が、さように申しておりましたか」

「……於蝶は心優しき女子《おなご》ゆえ、さようにあからさまなことは口にせぬ」

楚恵のこの言葉を聞いた知音は、万象に体ごと向き直った。

「万象様、お確かめを」

これまでなかったような強いもの言いに、万象も驚きを隠せなかった。

「知音……」

「このこと、蔑《ないがし》ろにしておれば、始祖から連綿と続けられてきた先達の皆様のご苦労が、全て水泡《すいほう》に帰してしまいまする。於蝶太夫に、お確かめを」

「……」

「是非にも」

知音に、譲る気はないようであった。

二

四月八日は灌仏会《かんぶつえ》（花まつり）。お釈迦《しやか》様の誕生日とされる日だ。寺院ではごく一部の宗派を除き、盛大な行事が催《もよお》される。

一亮らが一画に住み暮らすことを黙認されている浅草寺も、例外ではない。本堂を中心に、唄《ばい》、散華《さんげ》、経段《きようだん》、行道《ぎようどう》など様々な仏事《ぶつじ》が執り行われる。

灌仏会を祝う寺はどこも、境内に卯《う》の花やツツジなどで飾られた花御堂《はなみどう》と呼ばれる仮のお堂を設けた。参拝客《さんぱいきやく》はお堂の仏像に甘茶《あまちや》を掛けるのが、この日に行うお参りにつきものの慣習とされている。

甘茶は同名の植物（乾物《かんぶつ》にし発酵《はっこう》させた物）を煮出した飲料であるが、まだ砂糖が高価だった時代、無料で振る舞われて子供たちに大人気であったという。またこの甘茶を持ち帰り、水代わりに磨《す》った墨《すみ》で紙に書いた文字を、衣類の防虫や雷《かみなり》除《よ》けの呪《まじな》いに使うという風習もあった。

さらに浅草寺に関して言うと、この日一日限定で壮大な山門が庶民に開放され、中に入って登ってみようという物見高い見物人が数多く押しかけもした。

当然、見世物小屋が建ち並ぶ奥山も大勢の人出《ひとで》で賑わう。どこもかしこも、一人でも多くの客を迎え入れ、一文でも多く稼ごうと、呼び込みが躍起《やっき》になって声を嗄《か》らしていた。

中でも、特に賑わう大きな小屋がある。呼び込みも木戸番《きどばん》も「もう札止めだ」と客を追い返しているが、それでも後から後から新たな見物客が押し寄せてくるほどの評判だった。

「えれえ人気だなぁ。何の演《だ》し物《もん》かね」

独りごちた職人らしき男に、驚いた顔の遊び人風が言った。

「えっ。於蝶太夫を知らねえたぁ、お前《めえ》さん、いってえどこの田舎者《やまだし》だい」

「何だとぅ。こちとら、曾爺《ひいじい》さんの代から水道の水で産湯《うぶゆ》を使ったチャキチャキの江戸っ子でえ。嘗《な》めた口利くとハッ倒すぞ、この野郎」

「そいつぁお見それしたけど、その江戸っ子が今評判の於蝶太夫を知らねえんじゃ、いってえどこの貧乏人かと嗤われんぜえ。お前さん、どうやら居職《いじょく》（彫り師など屋内仕事）の職人のようだが、家ン中に籠《こ》もりっきりで、赤穂《あこう》の忠臣の方々が殿様の仇《かたき》を討ちに吉良《きら》の屋敷へ討ち入ったのもトンとご存じねえって口じゃあねえのかい」

「忠臣蔵《ちゅうしんぐら》の討ち入りなんぞ、それこそおいらの曾爺さんのころの騒ぎじゃねえか――そうかい、於蝶太夫ってえなぁ、そんなにも高名なのかい」

「まずは、奥山随一ってとこだな――てこたぁ、このごろ客の入りに四苦八苦してる江戸三座（官許の歌舞伎《かぶき》小屋）の大看板《おおかんばん》を超えて、今は日の本一の芸人ってこっちゃねえか」

「へえ、女役者なのかい」

「女郎歌舞伎《じょろうかぶき》は三代様（三代将軍徳川家光《とくがわいえみつ》）のころに御法度《ごはっと》んなってから、そのまんまだぁな。於蝶太夫といやぁ、当代きっての妻屋《づまや》（手品師）だよ」

「妻屋だって。品玉《しなだま》や金輪《かなわ》の曲《きょく》（道端の大道芸でもできるような、当時の代表的な手品）なんぞをやらかすのかい。まさか女の身空《みそら》で、呑馬術《どんばじゅつ》（生きている馬を丸々一匹、頭から呑み込んだように見せる手品）みてえな大技はやらねえだろ」

「呑馬術たぁずいぶんと古臭《ふるくせ》え手妻《てづま》（手品）を持ち出してきやがったな。お前さん、ホントに吉良家討ち入りのころから居職をやってんじゃねえのかい（呑馬術は、赤穂浪士討ち入りがあった元禄《げんろく》時代に活躍した手品師、塩売り長次郎《ちょうじろう》の代名詞的な名作手品）――まぁそいつはともかく、お前さんが言ったのたぁちょいと違うが、於蝶太夫はこれだけの小屋を一杯にするってえご大層な手妻を見せてくれる名人よ」

「ほう、で、そいつはどんな手妻なんだい」

「どんなって……そいつぁ、見てのお楽しみだぁな」

「なんだい、ケチケチしねえで教えてくれたっていいじゃねえか――ハハァン、お前さん、さっきっから偉そうな御託《ごたく》並べてるけど、さてはお前さんもまだその目で拝んじゃいねえんだろ」

「なぁにをホザいてけつかる。この目で直《じか》に確かめられんなら、お前さんなんぞ相手に馬鹿話してねえで、とっとと小屋んなかに入ってらぁ」

「あれっ、開き直りやがったな、この野郎」

見世物小屋の外の喧噪《けんそう》とは関わりなく、小屋の中では次々に披露される手妻の数々に、観客のどよめきと歓声が上がっていた。

舞台上では浪人姿の男が一人、独楽《こま》の曲芸を終えたところだった。

男の芸は、唐傘《からかさ》の上で独楽を回し、ピンと張った糸の上や抜いた真剣の刃の上で独楽を走らせるなど、ごく当たり前のものに思えた。しかし最後に、刀の切っ先の上で、ピタリと静止したように一点に留《とど》まって回る独楽の軸から、盛大に水を噴き上げさせてみせてやんやの喝采《かっさい》を浴びた。

独楽の曲芸の浪人者が舞台の脇へ退《しりぞ》くと、場を盛り上げていた三味線《しゃみせん》や太鼓《たいこ》の曲調が変わった。ただの浮かれた調子から、いっそうの華やぎを加えたように聞こえる。

「いよっ、待ってました。於蝶太夫！」

客席のあちこちから掛け声がかかった。

舞台の上には、目にも鮮やかな衣装を纏った女が登場した。女が身につけた純白の振り袖《ふそで》は、銀箔《ぎんぱく》を押したかのようにキラキラと輝いている。両腕を広げた左右の袂に描かれた、目玉にも見える黒い模様も、舞台を照らす明かりを反射して光っていた。

「見ねえ。まるで、舞台の上に大きな蝶が舞い降りたようだぜ」

於蝶太夫の優美な立ち居振る舞いに、すでにウットリしている客がいる。

小手調《こてしら》べの簡単な手妻をいくつか披露した後、太夫は袖から小さな紙片を取り出して客に見せると、それを両手で軽く捻った。左の掌《てのひら》の上に載せると、まるで紋白蝶《もんしろちょう》が一羽とまっているかのようだ。

於蝶太夫は右手一本で帯から扇子《せんす》を抜き出し、手首に捻りを入れてサッと広げると、下から上へ向けて扇《あお》ぎ出す。左手をそっと傾ければ、手からすうっと滑り落ちた紙片は、生きている蝶のように宙をヒラヒラと飛び始めた。

オオウ、と客席から溜息が漏れる。

於蝶太夫は紙片の蝶を宙に飛ばしたまま、舞台を端から端まで、観客の近くを歩いてみせた。

「よっ、於蝶太夫、日本一っ」

掛け声が方々から巻き起こる。

紙の蝶を飛ばす芸は以前からあったものの、それは床や天井と自分の体に張った糸を通して操るものだった。ために術者は、飛ばし始めた場所から大きく動くことのできない演し物だった。

客席まで含めた様々な場所へ移動する蝶の芸は、単に目新しいというばかりでなく、舞台を立体的に見せるという効果も上げて客の昂奮を誘ったのだ。

於蝶太夫は蝶を舞台の上高く飛ばし、左手を袖に入れて紙片をもう一つ取り出すと、今度は左手だけでそれを捻ってもう一羽の蝶を作り上げた。

右手の扇子の扇ぎ方を緩めて飛んでいる蝶を下ろしてくると、左手のもう一羽を加える。

二羽になった蝶は、まるで遊んでいるかのように近づき、離れ、互いの場所を入れ替えて飛び回った。

二羽は揃《そろ》って、あるいは一羽ずつ扇子の上を飛び越え、舞台に飾られている花にとまった。その姿、その動きは、どう見ても本物の蝶としか思えない。

最後に太夫は二羽とも左の掌の上に載せると、潰さぬようにその手をそっと閉じた。

「本日は灌仏会、お別れの散華にござります」

そう言って於蝶太夫が先ほどまでより一層激しく右手の扇子を打ち扇ぎ、左手をそっと開くと、舞台上方へぱあっと紙吹雪《かみふぶき》が舞い上がった。ひらひらと舞い落ちる紙片は、確かに僧侶が撒く花びらのように見えて、しかも実際の散華より豪勢《ごうせい》で華やかな印象を与えた。

灌仏会ほどに客の入りが見込める日には、どこの見世物小屋も盛大に呼び込みを掛ける。演し物には事前に入念な支度を心掛けるものの、それでも不具合が起きたときには、多少のことなら目を瞑《つむ》って客の前に出してしまうというのが、この日の興行の有りようだった。

つまりこの日は、からくりの手直しをするような裏方仕事を表の稼業《かぎょう》にしている健作に、まずお呼びは掛からないということだ。

一方、奥山の賑わいが盛大なものであれば、客が入り込まない一番裏手のほうにいても、浮ついた気配は伝わってくる。こんな日に道の掃除《そうじ》をしようなどとしたら、たとえ裏のほうだって、足りない物を取りにきたような小屋の下働き連中に邪魔にされる。となれば一亮も、己の住まいである物置小屋で、所在なくしているよりない。

暇人同士、健作が一亮を誘い出し、二人は人混みから離れたところで奥山の様子を眺めていた。

「ずいぶんな人出ですね」

「ああよ、今が一番いい季節だしな。『こういうときに稼いでおかねえと』って、みんな目の色変えてらあ」

「これだけお客がいれば、どこも大入りでしょうね」

「ところが、それでも座主さんが算盤《そろばん》弾《はじ》いて難しい顔をしてるとこもありゃあ、閑古鳥《かんこどり》が鳴いて頭ぁ抱えてるとこもあらあ——客ってなぁ気紛《きまぐ》れなもんで、たとえ銭をくれるったって、入りたくねえとこには入らないからな」

「そんなものなんですか」

健作は隣の一亮をちらりと見る。

「お前さんがここへ来る前に奉公してた瀬戸物屋だって一緒だろ。どんなにいい品だと思って仕入れたって、客に見向きもされねえでずっと埃《ほこり》を被ったまんまの器《うつわ》もあったろう」

「……そうですね」

まだ奉公したばかりで、そこまで仕事のことを判ってはいなかったと思いながら、理屈としては言うとおりなので頷いた。

健作は、奉公先の主が自分を殺そうとし、奉公仲間は皆殺しにされたという一亮の心の傷に触れてしまったと感じたのか、話を明るいほうへと転じた。

「まあ、今奥山で一番客を呼び込んでるとこと言やあ、於蝶太夫の手妻の小屋だろうけどな」

「於蝶太夫……」

「ほら、お前も先日、向島の先の、芽を摘んだ場で会ったろう」

「やはり、あの女の人のことでしたか」

「女だからって侮っちゃいけねえよ。芽を摘む腕は、ピカ一だ」

「そんなに凄《すご》いのですか」

「お前さんも見たろうが。俺らなんかじゃ、足元にも及ばねえや」

「でもあのとき、実際に手を下していたのは別な人たちでしたね」

「ああ、言われてみりゃあそうだったな。弐の小組の組子たちだ——でもな、それも於蝶太夫の凄えとこよ。太夫は、自分が相当の練達者《てだれ》だってだけじゃなくて、人に指図しての闘いも巧みだってことさ」

「?——弐の小組では、於蝶太夫が采配《さいはい》を揮《ふる》っているのですか」

「おうよ。うちの御坊や壱の小組の無量《むりよう》様みてえな坊さんでもねえのに、大したもんだと思わねえか。あれで女でなきゃあ、きっと於蝶太夫の小組のほうが江戸の討魔衆の筆頭だったぜ」

　そんな話をしていると、見物人の邪魔にならぬように人混みを避けながら行商をしている男が、七、八間（十数メートル）先を通りかかった。日笠を被り袖無《そでなし》に股引、売り物の荷は背中にしょって、商品を両手に持って演じながら歩いている玩具《おもちゃ》売りだ。

「ぐるぐる回る、手《て》ン車《ぐるま》ぁ、こぉれは誰の手ン車ぁ……」

「よう、霧蔵《きりぞう》さん」

　健作が大声で呼ばわると、霧蔵と呼ばれた男は商売を中断して二人に近づいてきた。端整《たんせい》な顔立ちの、振り売りにしては色の白い男だった。

「精が出るね。これだけ人が多きゃあ、霧蔵さんもさぞかし商売繁盛《はんじょう》だろう」

　うらやましいという健作の口ぶりに、霧蔵は「駄目だ」とばかりに首を振った。

「いつもなら、於蝶太夫の小屋のそばに屋台見世《やたいみせ》を出させてもらってるんだが、こう人出が多くっちゃ往来《おうらい》の邪魔になるんでな。

　仕方がないから屋台は片付けて、久しぶりに売り歩いてみたんだが、さっぱりさ——もっとも屋台見世で売れるなぁ、もっぱらこの手車《てぐるま》(現代のヨーヨーと同じ物。本体部分は素焼きした土器《かわらけ》)じゃあなくって、太夫の芸のまねごとができる、竹籤《たけひご》の先に作り物の蝶をくっつけた玩具だけどな」

苦笑しながら応じてきた。どうにも売れ行きが芳《かんば》しくないから、ひと息入れる気になって健作の呼び掛けに応じたのかもしれない。

霧蔵は、涼やかな目を一亮に向けてきた。

「この子は、あの折の?」

健作は、すんなりと答える。

「ああ、御坊が連れてきた例の子だ。一亮ってんだ」

一亮がそうではないかと思っていたことは、二人の会話でほぼ確信できた。やはり霧蔵は、新宿で芽を摘む業に加わっていた、弐の小組の一員のようだった。

紹介を受けて、一亮は頭を下げた。「よろしくお願いします」というのが相応《ふさわ》しいのかどうか判断がつかなかったため、余計な言葉は発しなかった。

水戸街道新宿において芽を摘む業が終わった後すぐに、霧蔵ともう一人の浪人姿の男は姿を消してしまっていた。於蝶太夫に気を取られていた一亮は、いつ二人がいなくなったのか、判らぬほどに静かな撤収《てっしゅう》だった。

その於蝶太夫も、天蓋とふた言み言話しただけで、別れを告げてすぐに去っている。

健作がどう考えたのか一亮には判断がつかなかったが、弐の小組に救けられなければ自分らが窮地《きゅうち》に陥っていたことに、天蓋と桔梗は深く思うところがあったようだ。それで、本日健作と二人きりになるまで、於蝶太夫や弐の小組のことを口に出すことができなかったのだった。

一亮に目を向けたままの霧蔵の顔から表情が消える。

「このような子供を、芽を摘む場に連れ出すのは感心しないな」

厳しいことを言われても、健作は全く声の調子を変えることなく答えた。

「この子がどんな能力を持ってるかは、於蝶太夫から聞いてませんかい。御坊が上へ上げた話は、太夫のとこにゃあ伝わってると思うんですけどね」

「ああ、ちらりと聞いたが……それにしてもこの子は、あまりに無力だ」

「でもね、うちの御坊によると、こう見えて一亮は、連中に気配を悟《さと》らせねえような体術を生まれながらにして身につけてるようなんですよ。ほら、あんときも、俺らや霧蔵さんにゃあ襲いかかってきた奴らが、一亮にゃあ目も向けてなかったでしょう」

同意を求められても、霧蔵は得心しない。

「もし、俺たちの到着が遅れてお前さん方が全滅してても、この子だけは生き延びられたと言えるのかい」

鋭い指摘に、健作は「そう言われると一言《いちごん》もねえ」と頭を掻《か》いた。

霧蔵は、ふっと視線をはずした。

「まあ、いずれにせよお前さん方の小頭が決めなさることだ。太夫が天蓋様に意見してるならともかく、そうじゃないなら俺が口を出すことじゃなかったな」

霧蔵は背の荷をしょい直すと、「じゃあ、またな」と別れを告げて商売に戻っていった。

別れの挨拶《あいさつ》を返した後、去っていく姿を無言で見送る健作に背中から声が掛かる。

「抜けた顔して、何ぼおっと突っ立ってるんだい」

振り返ってみれば、桔梗だった。健作が一亮を誘ったように、桔梗は早雪を連れて奥山の賑わいを見物していたらしい。

健作は、いつもの悪口にさらりと応じた。

「生憎《あいにく》と、この顔は生まれつきなんでな。霧蔵さんみてえにキリッとした面構えなんかできねえや」

「そんな法外は最初《はな》っから求めちゃいないよ――でも、どうしたね。弐の小組に小言でも言われたかい」

「いや。一亮に無理させんなって、気遣ってくれただけさ――ところで桔梗。これだけ人が押し寄せてんのに、お前さんは舞台に上がんなくていいのかい」

問われた桔梗は膨《ふく》れる。

「坊さんによると、まだ上のほうからお許しが出ないってさ。この人出じゃあ町方も簡単に入り込めたりしなかろうに、何をそんなにビクついてんだか」

桔梗がさほど舞台に登るのが好きだとは、一亮は考えていなかった。あるいは、命ぜられて無理矢理大人しくさせられているのが、気にくわないだけか。

勘の鋭い桔梗は、自分を見ている一亮を見返して「なんだい」と問うてくる。

「いえ」

一亮は慌てて目を逸《そ》らした。こんなところで本音《ほんね》を漏らしたら、どんな目に遭わされるか知れたものではない。

逸らした目が、早雪と合った。早雪は、さきほど霧蔵が話していた品だろうか、竹籤の先に蝶の作り物をつけた玩具を手にしていた。

三

南町奉行所で臨時廻《りんじまわ》り同心を勤める小磯文吾郎《こいそぶんごろう》の屋敷へ、久しぶりに岡っ引きの勇吉《ゆうきち》が訪ねてきたのは、もう陽も暮れようかという刻限だった。

ところの人々からは牛頭《ごず》の勇吉と呼ばれている岡っ引きは、江戸の郊外にある向島の中だと一番賑やかな、南西の端のほうを縄張りとしている。勇吉が小磯と知り合ったのは、向島で立て続けに起こった故障（事故）とも殺しとも知れぬ人死《ひとじ》にに、小磯が首を突っ込んだことがきっかけだ。

小磯の鋭い勘働きにより、二人は三件目の死人が出た直後、その現場である百花園に駆けつけることができた。しかしこれ以後、小磯はなぜか一連の人死にに関心を向けなくなり、向島界隈《かいわい》で人が不審な死を遂げることもぱったりと途絶えている。

以後、己の旦那でもない小磯のところへは段々と足が遠のき、このひと月ほどは勇吉が屋敷を訪れることはなくなっていた。

「まあ、ずいぶんとお見限りでしたこと」

小磯の妻の絹江《きぬえ》が喜んで迎えてくれたことへ、勇吉は大いに恐縮した。家に上がれというのをひたすら遠慮して、庭に回らせてもらう。顔を出してみれば、主の小磯がもう縁側《えんがわ》に移動して待っていた。

「お休みのところをお邪魔して、申し訳ありやせん」

勇吉は、深く腰を折った。

非番で寛《くつろ》いでいた小磯は、のんびりとした表情のまま訊いてくる。

「村田《むらた》に聞いて、やってきたかい」

村田直作《なおさく》は小磯と同じ南町奉行所の定町廻り同心で、川向こう（江戸城側から見た大川の向こう側の意味で、深川《ふかがわ》、本所《ほんじょ》、向島を指す）を持ち場として担当している。勇吉に手札を預けている「旦那」であった。

「へえ。お見回りの際に、今日は小磯の旦那が非番だって伺ったもんで」

それから訪ねてきたから、こんな刻限になったのだ。

茶を運んできた絹江が話したそうにしているのを、小磯は早々に追い払った。勇吉が今さらながらやってきたとなれば、それなりの用事があるはずだ。

「で、どうしたい。また、額《ひたい》に小石を当てられたような死人でも出たかい」

そうではなかろうと予測しながら、小磯は自分が勇吉と関わるきっかけになった話を持ち出した。案の定勇吉は、「いえ」と否定してくる。

湯呑《ゆのみ》を取り上げて茶を啜《すす》りつつ、小磯は再び問うた。

「じゃあ、どうした」

わずかに迷う素振りを見せた勇吉だったが、踏ん切ったのかひたりと目を向けてきた。

「こいつぁ御番所《ごばんしょ》（町奉行所）が扱うような代物《しろもん》じゃあありやせんし、旦那が気になさるかどうかも定かじゃねえ。

ですが、いちおうはお耳に入れて置いたほうがいいような気がしやしたんで、このこと押しかけて参《めえ》りやした。もし、あっしの見当違いでしたら、どうぞご存分にお叱《しか》り願いやす」

小磯は、手にしていた湯呑を置いて、穏やかに応じた。

「わざわざ報せに来てくれたんだ、怒ったりするもんかい——どれ、拝聴しよう。聞かしてくんな」

わずかながら姿勢を正す仕草を見せた小磯に、勇吉は「そんな、ご勘弁を」と畏《おそ》れ入った。それでも、わざわざやってきた用件を口にする。

「まずお断りしなきゃならねえのは、こいつが御府内《ごふない》（江戸市中）で起こったことじゃねえってこってす。ですから、あっしらはもとより、旦那にも手が出ねえところの話ってことになりやす」

「ほう、御府外の話をお前さんがねえ——どっから聞いたい。噂でも流れてきたかい」

「噂っちゃあ噂に違いありやせんが、同業を通じての又聞きで。ですから、全く根も葉もねえことじゃあねえはずでさぁ」

「で、どこの話だい」

「葛飾郡《かつしかぐん》新宿——水戸街道と成田街道《なりたかいどう》の追分《おいわけ》（分岐点）を、水戸街道のほうにちょいと進んだ辺りのこって」

この時代は葛飾郡も江戸と同じ武蔵国《むさしのくに》の一部だが、管轄は町奉行所ではなく、勘定奉行配下の代官所となっている。

「そこで、死人でも出たかい」

「ええ、三人も」

「なんで、おいらに報そうと思った」

「……旦那が、村田の旦那につなぎを頼んで、最初にあっしをお呼び出しになったなぁ、額に傷のある人死にのことを何かお調べになってたからですよね」

　小磯は、向島の人死により以前に関わった二件の人殺しにおいて、奉行所が感知していない両方の関連性に気づき、独自に調べを進めていた。向島の人死にに関心を向けたのも、その二件との共通点があるのではと疑ったからだ。

　しかしながら、向島のほうに最初から関わっていた勇吉へ詳細を尋ねてみると、共通性があるのではという小磯の疑念は、ただの勘違いに過ぎないことが判った。ところがそのときには、小磯は向島で連続する人死にの解明に、どっぷりと嵌《は》まり込んでいたのだった。

　結果として、小磯は向島における次の死人が出るのを止めるところまではいかなかったが、騒動が起こった直後に現場へ駆けつけることにはなったのだ。

　以後、向島では同様の騒ぎは起こっておらず、なぜこのような事態が起きたのかは不明なままだ。小磯は、以前から個人的に調べていた殺しに加えて、新たな謎を抱え込む結果となった。

　しかし、向島の騒動に関わったことは、小磯にとり無駄ではなかった。思っていたのとは違う形ではあったが、この一連の騒動も、これまでの殺しと関わり合いがありそうな気配が見えてきたからである。

　勇吉の話に、小磯は鋭い目を向けた。

「その三人の死骸《ホトケ》にゃあ、額に傷でもあったかい」

「一人だけでやすが——三人ともに、刃物傷で殺されてたそうです。どうやら、みんな刀で突き殺されたようで」

そこまで聞いて、小磯は前のめりになっていた体を伸ばし、ふうっと息を吐いた。

小磯が追っていた以前の殺しの手口は、確かに額への刃物傷であったが、凶器については刀よりもずっと小型の、手裏剣のような物だと考えている。

勇吉は小磯の態度を見て、己の思い込みが見当違いであったことを知った。

「どうやら、とんでもねえ早合点《はやがてん》で頓珍漢《とんちんかん》なご注進《ちゅうしん》をしちまったようで」

「いや、よく報せてくれた——詳しく中身を教えてくんねえ」

小磯が口にしたのはただの慰《なぐさ》めではなく、心からの言葉だった。

向島の一件でも、全くの別件だと思われていたものが、後になってうっすらとではあるが関わりが見えてきたのだ。こたびも、聞かずに済ませては後で悔いが残ることになりかねない。

「お忙しい旦那だってえことは十分承知しておりやす。くだらねえと思ったら、気の毒がらねえでとっとと追い返してやっておくんなさい」

「ああ、くだらねえと思ったらそうしてるぜ——そんでもって、お前さんに、詳しく尋ねてえと言ってるんだ」

勇吉は小磯をじっと見返し、小磯の本気を自身の目で確かめた上で、「へえ、それじゃあ」と口火を切って詳細を話し始めた。

「十日ほども前になるってこってすが、葛飾郡新宿の街道のすぐ脇で、若い男三人の死骸が見つかりやした。最初に見っけたなあ近所の百姓で、朝、苗床《なえどこ》へ苗の育ち具合を見に行くとこだったそうです。

死んでたなあ、いずれも十五、六ほどの若造で、あっしがこの話を耳にしたときにゃ、まだどこの誰だか身元はさっぱり判ってなかったそうで」

死人の年齢を聞いた小磯の目がキラリと光った。口には出さなかったが、小磯の脳裏には、百花園での騒動の際に己が一瞬だけ目撃した少年の姿が浮かんでいた。

「どこの誰だか判らねえとなると、近所の者じゃねえってこったな」

「へえ。ここいらみてえにお江戸のまん真ん中ってえなら、どこの裏長屋にどんな野郎が巣くってるか、そう簡単にゃあ突き止められねえってこともありやしょうが、こたびの現場は街道筋の百姓地です。みんな顔見知りですし、二、三日もどこへ行ったか判らねえ者がいりゃあ、すぐに誰かが思い当たってるはずで」

「するってえと、土地に関わりのねえ野郎どもか、入り込んだばっかりの無宿《むしゅく》人《にん》てえとこか」

「御番所のご威光も届かねえ鄙びた土地とはいえ、まだまだ江戸にも近うござんすから、そうそう追剝《おいは》ぎなんぞが出る場所じゃありやせん。ただし街道筋ですんで、いろんな連中が通り抜けてることもまた確かで」

胡乱《うろん》な人物が通りかかっても、街道を歩いている分には、ほとんど気にも留められないということだった。

「死骸さんは、三人とも刀傷って言ったなあ。てことは、殺《や》ったなぁあるいは、水戸様のご家来衆かもしれねえな」

死因が刀傷となれば、まずは武士や浪人を疑うのが常道だ。そして水戸街道を往来する武士だと、最もよく見掛けられるのが水戸藩士だった。

参勤交代《さんきんこうたい》や国許と江戸藩邸との連絡のために、水戸街道を使う藩は他にも少なからずあるが、最も大きい水戸三十五万石の次に所領が大きいのは、土浦《つちうら》藩土屋《つちや》家九万五千石、笠間《かさま》藩牧野《まきの》家の八万石、相馬中村《そうまなかむら》藩相馬家の六万石の三家で、残りは全て三万石以下である。まずは在籍する藩士の数や、国許の藩庁、江戸藩邸の規模が水戸家とは全く違った。

　加えて、徳川御三家のひとつ水戸徳川家の殿様は、定府《じょうふ》といって参勤交代をせず、藩主を続けている限りずっと江戸に常駐する定めになっている。殿様が領国へ指示を出し、藩庁から殿様へ治世の報告をし裁可を求めるためにも、国許と江戸の連絡は他藩よりも密にならざるを得ないという事情があった。

　このため参勤交代以外で水戸街道を往来する諸藩の藩士の割合は、水戸家が圧倒的に高かったのだ。

「水戸様にしろどこにしろ、その一件でお大名家から代官所や勘定奉行所へお届けがあったてえ話は聞いておりやせん」

　だからといって、大名家の家来が起こしたことではないと断定することはできないが、もしどこかの藩士の仕業《しわざ》なら、小磯が関心を持っている一連の殺しとは関わりがないものと思われる。さらに大名家の家来が相手では、たとえ御府内であっても町方が手出しできることではないから、とりあえず、その線は考慮の対象外とした。

「で、死骸さんそれぞれの傷の具合がどんなだったか、お前さん判るかい」

「へえ、先ほども申しやしたが、三人ともに致命傷になったのは、深い刺し傷が一箇所。いずれも、刀でやったもんだと思われるってこって。

この他に、二人には頭に何か硬い物で殴られたような痕《あと》が、もう一人には右足の太股《ふともも》に、これも突いたような傷があったそうです」

「他に、何か目立ったとこは」

「申し訳ありやせんが、特段、何も聞いちゃあおりやせん」

「三人っつったが、ひとっ所《ところ》で死んでたのかい。それとも、バラバラで？」

「場所としちゃあ半町（五十メートル強）も離れていなかったそうですが、三人ともに別々の場所で。みんな街道のすぐそばですけど、田圃の用水に落っこってたり、畑ん中に転がってたりしてたと言いやす」

頭の中に思い浮かべながら聞いていたふうだった小磯が、勇吉へ目を向けた。

「ふうん――別にお前さんを疑ってるわけじゃあねえんだが、お前さんが又聞きで聞き込んだってえその話、どこまで信用できる」

江戸の町方の調べでさえ、気をつけていないといい加減な判断が罷《まか》り通ってしまうことがある。数万石に及ぶ広大な御支配処《ごしはいしょ》（幕領）を預かりながら、それを数少ない手付《てつき》（御家人格の下僚）や手代《てだい》（中間《ちゆうげん》や小者同様、庶民階層から登用した武家奉公人）を使って治めている代官所では、満足な探索が行われることのほうが珍しかった。

まず手付や手代に求められるのは、年貢徴収《ねんぐちょうしゅう》を円滑に行うことに主眼を置いた、事務処理能力なのである。犯罪捜査などは全くの専門外だし、治安維持のために余計な人材を雇うほどの予算を、代官はお上から拝領してはいないのだ。

この時代には、八州廻り《はっしゅうまわ》（関東取締出役《かんとうとりしまりしゅつやく》）と呼ばれる役職が勘定奉行配下に設けられ、江戸府内や水戸藩領などを除く関八州《かんはっしゅう》全域の治安維持と犯罪取締まりに当たっていたが、広大な担当範囲に対して定員は十名（天保《てんぽう》期）と少なく、人手不足は明らかだった。謀叛《むほん》の疑いなどの重大事案ならともかく、ただの人殺し程度では、発生したからといって現地へ急行するような体制にはなかったと言える。

小磯はこうした理由から、話に出てきた死人の傷についての判断を、どこまで信じてよいものか疑念を呈したのだった。

「へえ。この話をしてくれたなあ、あっしがまだ修業時代にお世話んなった親分のところで、長いこと下っ引きをやってた男でして。今は在所に引っ込んでて、頼まれたときだけ道案内（八州廻りが現地で使う岡っ引き）のまねごとをやってるそうですが、腕は確かで。

その男がはっきりと口にしたことですから、まず間違いはねえと、あっしゃあ思っておりやす」

話の確度は自分が保証すると、勇吉は言ったのだった。

小磯は「ふうん」と喉《のど》の奥で唸って勇吉を見た。

「そのお前さんの知り合いは、どこに住んでる」

「へえ、今の住居《やさ》は亀有《かめあり》で」

亀有は、中川を挟んで新宿とは反対側、江戸へ向かうほうにある間《あい》の宿《しゅく》(宿場と宿場の間に設けられた休憩地)だ。

「その亀有に住むお前さんの知り合いが、川ぁ渡って死人を見にいったかい――そんなことしたなぁ、何か特に理由《わけ》あってのことかね」

「実はそのとおりで。このごろ、水戸街道を往来する旅の者が何人か、不意にいなくなるって噂がありやして。あっしの知り合いは、誰に頼まれたわけでもねえけど、気になって手前でコツコツ調べてたそうでやす」

今の話のほうが、額に刀の刺し傷がある死人のことを聞いたときより、なぜか心に引っ掛かるものを覚えた。小磯は慎重に問いを重ねる。

「で、行方《ゆきがた》知れずを調べてて、その男は何か摑《つか》んだのかい」

「いえ、今んところはそっちのほうも、梨《なし》の礫《つぶて》だそうで」

「じゃあそもそもの、街道で旅人が消えるって話を聞こうかい」

「へえ……こいつも噂で、あんまりはっきりした話じゃねえんですが。

ともかくその噂によりやすと、街道を誰かが歩いてるなと思っても、ちらりと目を離した後に見直してみると誰もいねえってことが、このごろ偶《たま》にあるそうで。無論のこと、そのうちいくつかは見間違いでしょうし、噂が聞こえてきたのに便乗して面白がるような輩《やから》や、ビクついて何でもねえのに『そうだ』と思っちまうような者《の》もいるでしょう。

けど、どうもそればかりじゃなさそうだって、あっしの知り合いは考えたようでさぁ」

「お前さんの言うところによると、知り合いがそう考えた以上は、実際そのはずだってことだよな」

勇吉は、なぜか申し訳なさそうに「へえ」と頭を下げて、続ける。

「とはいえ、『旅をしてるはずの誰々が、いつまで待ってもやってこねえ』なんて訊き回ってるような者は一人も出ちゃおりません。

あっしの知り合いが言うにゃあ、消えるのは一人旅か、せいぜい二人旅がもろともにってことで、しかも身寄りのねえ者か、しがらみいっさいを断ち切ってどこへともなく失せようとしてるような野郎だけなんじゃねえかって言ってます」

「そいつも信じるとすると、誰かが行方知れずを作ってるんなら、下手人は消す相手全部の事情を、よおく知ってる野郎だってことになるな」

全くの他人同士であろう身寄りのない者それぞれの内情を、全て把握している者——そんな者がいるとするなら、神か仏ぐらいではないのか。

「へえ……そう言われちまいますと、確かにありそうもねえ話に聞こえてきますが」

鋭い指摘を受けて、勇吉はとたんに自信が揺らぎ始めたようだが、小磯のほうは、あながち眉《まゆ》に唾《つば》しているわけでもない。ありそうもない話を噓うなら、まずは、とんでもない当たりをつけて決着がついたはずの殺しを本気で追いかけている、自分自身を噓わねばならなかった。

——勇吉がこれほど信を置いている男の話なら、きちんと聞く価値がある。

小磯は、勇吉自身よりもこの実直な岡っ引きを買っていると言えるのかもしれなかった。

「で、水戸街道で行方知れずが出るってえ話は、いつからのこったい」

「噂ですから、はっきりいつが初めだとは言えませんが、少なくとも去年の今ごろにゃあ始まってたんじゃねえかと」

「するってえと、おいらがお前さんと追っかけてた向島の人死にが出るよりゃあ、一年近く前からってことになるよな——それとも、おいらたちが気づいてねえだけで、向島のほうもそのころから続いてたのか……」

考え込んだ小磯へ勇吉が告げる。

「本所深川のほうで起こってたならともかく、少なくとも向島の大川端《おおかわばた》じゃあ、そんなことはねえはずでさぁ」

婉曲《えんきよく》な言い方こそしているが、断言に等しい見解の表明だった。己の縄張りはしっかり取り仕切っているという、岡っ引きの矜持《きようじ》であろう。

小磯が、物思いから醒《さ》めた顔になって問う。

「おいらに報せたかったこたぁ、それで全部かい。まだ何か言ってねえことはあるか」

「……いえ、みんな申し上げたと思いやす」

自分が口にしたことを思い返して答えた勇吉は、突然押しかけてきて益体《やくたい》もない話を長々としでかした無礼を詫びようとした。

相手の恥じ入る態度からそれと察した小磯は、勇吉の機先を制して先に告げる。

「お前さん。ご苦労だけど、御用の手の空いたときだけでいいから、今してくれた話の続きを気にしといちゃくれねえか」

「えっ、それじゃあ」

「はっきりしたこたぁ言えねえが、確かにおいらも何とはなしに引っ掛かるんだ――それから、村田に言付けてお前さん宛《あて》に人相書きを一枚持ってってもらうから、新宿で見っかった死骸の中にそれらしいのがいねえかどうか、お前さんの知り合いってえお人に訊いてくんな」

小磯が口にした人相書きとは、自分一人で調べを進める端緒《たんしょ》となった、青山《あおやま》はずれ宮益町《みやますちょう》で皆殺しとなって見つかった瀬戸物屋において、ただ一人行方知れずとなっている小僧（丁稚《でっち》）について記述した物だった。いまだ行方《ゆくえ》が突き止められておらず、ところの岡っ引きである八幡《はちまん》の稲平《いなへい》と子分どもが、この人相書きを手に探し続けている。

ちなみに当時の人相書きは似顔絵などではなく、氏名年齢性別のほか、身長や顔つき体つきなどの特徴を、箇条書《かじょうが》きに並べた文章で構成されていた。

「旦那、その人相書きのお人ってえのは、一体《いってえ》どちらさんで？」

「ただの思いつきだからな。もし紛《まぐ》れ当《あ》たりしたら、そんときゃ聞いてもらおうかい」

新宿の死骸が三人ともに十五、六だということで、歳は近そうだから、ただ単に「念のため」に確認させようと思っただけだった。実際にあの小僧が含まれているとは考えていない。

誰の人相書きか口を濁《にご》したのは、奉行の内諾《ないだく》を得た上とはいえ、単独で調べを進めていることだからである。実力も人となりも認めている勇吉であっても、めったなことで明かせる話ではないのだ。

小磯に心服している勇吉は、あっさりと引き下がった。

「へい、承りやした――それじゃあ、あっしはこれで。お休みの日のこんな遅くにお邪魔をして、ホントに申し訳ありやせんでした」

「そうかい――おい、勇吉が帰るそうだ」

小磯が声を張り上げたのは、そのまま辞去しようとしている勇吉へ、妻の絹江が別れの挨拶をしたかろうと思ったからだった。

「あら、もうお帰りになるの。大した物はありませんけど夕餉《ゆうげ》の支度をしましたから、旦那様とご一緒してくださいな」

「そんな、あっしなんぞがとんでもねえ——こんな刻限に押しかけて、お食事までいただいたんじゃあ、厚かましいにもほどがありまさあ」

「せっかく支度したんだから、そんなこと言わずに食べていってちょうだいな」

絹江の誘いを亭主の小磯も後押しした。

「お前さんのために用意したって言ってんだから、片してってくれや」

どうやら、食膳の前に座らないと解放してはもらえなさそうだった。

四

ときをいくらか戻して、勇吉が久しぶりに訪ねてきた日の、まだ午前《ひるまえ》のことだ。

このごろの小磯は、仕事以外にも頭を悩ませていることがあった。

「おい、急ぎの用事があるんじゃなきゃあ、ちょいとこっちへ来て座りねえ」

座敷の前を素通りしようとした妻に声を掛けた。このところ何か言いたそうにしているのはずっと察していたが、自分でも決心がつきかねてそのままにしていたのだ。

妻の絹江は指図に従い、無言のまま入室してくる。片膝《かたひざ》立てた行儀の悪い格好をして庭を眺めていた小磯のそばで、膝を折った。

「何でございますか」

何気なく用事を訊いてきたように見えたが、こういうときの絹江の扱いを間違えると後々酷い目に遭うことを、小磯は長年連れ添ってきた中で嫌というほど味わわされている。

——こいつぁよっぽど不機嫌だ。

見定めたことは表へ出さずに、自分も平然とした様子を取《と》り繕《つくろ》って問いを発した。

「その後、道斎《どうさい》の様子はどうだい」

竪柴釜之介《たてしばかまのすけ》、雅号《がごう》を道斎と称する儒学者《じゅがくしゃ》は、小磯が庭に建てた家作《かさく》に住まいして手習い塾を営んでいる。

「道斎先生のご様子ですか?」

いつも無関心な店子《たなこ》(借家人)のことを訊いてくるのは珍しい、という口ぶりだ。

が、御番所の老練な同心は、こんなお惚《とぼ》けを真に受けるような抜けた亭主ではない。辛抱強く、言葉を続けた。

「だから、道斎と春香《はるか》のことだよ」

春香は、同僚の中でも親しい付き合いをしている山崎平兵衛《やまさきへいべえ》の娘だ。家族ぐるみで行き来をしているうちに、どういうわけかいつの間にやら、春香が小磯家の借家人と思いを寄せ合うようになってしまったという。

家のことは老妻に任せっきりで全く無頓着《むとんちゃく》だった小磯は衝撃を受けた。絹江と山崎の妻である静音《しずね》はとうに気づいており、なんとか二人のことを応援したいらしい。

小磯は妻の絹江から、山崎の意向がどうか探りを入れるよう頼まれていたのだった。それを先延ばしにして本日まで至っているということが、小磯の「仕事以外の悩み」であり、絹江が肚《はら》に怒りを溜め込んでいる理由でもあった。

小磯の言葉に、絹江はさも意外そうに応じる。

「あら、あれから何も音沙汰がございませんでしたから、もうお忘れかと思っておりましたよ」

怒りの程度は相当なもんだと、小磯は内心溜息をついた。こういうときは、下手に誤魔化《ごまか》さずに真っ直ぐ心の内を告げたほうが、ご機嫌が直るのはずっと早い。

「忘れてやしねえよ。ただ、どうすりゃいいんだか見当がつかねえから、ああでもねえ、こうでもねえと、いろいろと思い悩んでたんさ」

「それほど難しいことをお願いしましたでしょうかね」

小磯は気軽な調子を捨てて、真面目《まじめ》に答えた。

「子供の使いみてえに、お前の言うことをそのまんまぶつけていいなら、こんなに頭ぁ悩ましちゃいねえや」

どういうことかという目で見てくる絹江を、真っ直ぐ見返しながら告げる。

「ただ『道斎がお前さんとこの娘を好いてる』なんて言って、山崎が喜ぶと思うかい？——そうじゃねえから、お前だけじゃあなくって静音さんも考えを訊けねえんだろ」

「……そこは、同じお勤めをなさっておられる旦那様同士なのですから——」

「ともに一家の主だからこそ、訊ける話と訊けねえ話があるってことよ。だいたい、いい歳こいてながら手前一人の暮らしも満足に立てられてねえような野郎に、好《す》き好《この》んで可愛い娘をくれてやろうなんて父親《てておや》がどこの世界にいると思う。

駄目だって言われたときゃあ、あっさり引き下がっていいってんなら、お前に言われてすぐに訊きにいってたさ――お前、それでもいいなんて、思っちゃいなかったんだろう」

「それは、そうでございますが」

「なら、山崎に話をする前に、まずはこっちの肚を決めないとな」

「私どもの肚を」

「ああ。そいつを固めるまで、情けねえことにこれだけときが掛かったと思いねえ」

「で、どのように?」

妻の問いに、小磯は反問で応じた。

「まずはいちおう、お前の存念を確かめる。道斎と春香をくっつけてえ。そのためにできることはしてやりてえ――それでいいんだな」

絹江は、何を今さらという顔で「はい」とはっきり答えた。

小磯は「ならば」と前置きして、己の存念を話し出した。

手習いで子供らが教わるのは、多くが午までだ。ただし、年長になってもさらに学びたいと望む者がいたり、出仕や奉公が決まって手習いを終える前に特に教わっておきたいことがある者などには、午過ぎに呼んで別個で教えることもあった。

午過ぎ、小磯が絹江に道斎を母屋《おもや》へ呼ばせたのは、そうした手習い子が今日はいないのを確かめた上でのことである。

「堅柴釜之介にございます。お呼びにより、参上致しました」

廊下との境の襖《ふすま》は開け放しにしていたものの、道斎は顔を出さずに襖の陰で膝を折って声を掛けてきたようだった。

「おう、まずは入ってくれ」

座敷で待っていた小磯は気さくに呼びかけたつもりであったが、道斎は硬い表情で入ってきた。

「ずっとお世話になっておりながらろくに挨拶に顔を出すこともせず、ご無礼を致しております」

入ってすぐのところで、畏《かしこ》まって平たくなった。

「なにも、近くに寄ったらお縄《なわ》にしようって考《かんげ》えてるわけじゃねえ。そんなとこで縮こまってねえで、こっちまで膝を進めな。そんな遠くじゃや、まともに話もできねえや」

小磯に促されて小腰で近づいてきた道斎だったが、すぐ目の前まで来る前に、また膝を折ってしまう。

「小磯様のご温情に甘えまして店賃《たなちん》を溜めておることは真に心苦しく、気恥ずかしく思っておりますれば、なにとぞもうしばらくのご寛恕《かんじょ》を賜《たまわ》りたく、伏してお願い――」

道斎が述べている口上を、小磯は「そんなことで呼んだんじゃねえよ」と柔らかく遮《さえぎ》った。

ついに追い出されるかと覚悟を決めてやってきた道斎は、ほっとしたのが半分、ならばなぜ急に呼び出されたのかという疑問が半分、といった表情で上体を起こす。

ここで、絹江が茶を運んできた。しかし、いつもの人当たりのよさをどこに置き忘れてきたのか、二人の前に茶を置くとお愛想《あいそ》のひとつを言うでもなく、そのまま出ていってしまった。

絹江がいる間中口を閉じていた小磯は、「楽にしろ」と道斎に言っても聞くまいと考え、話の続きを口にすることにした。

「店賃のこたぁ、絹江と話してくれりゃあそれでいい。あいつを困らせさえしなきゃあ、おいらはそんなことにまで口を出す気はねえさ」

「それでは？」

肩の力を抜いて訊いてきた道斎へ、小磯はズバリと言った。

「お前さんを呼んだ用ぁ、春香のことさぁね」

道斎は、ウッと詰まって俯《うつむ》いてしまった。自分の密《ひそ》かごとを、こんなところで突然持ち出されるとは思ってもいなかったようだ。

春香との間でどのような話をしているかは知らないが、朴念仁《ぼくねんじん》の道斎のことだ。二人の間柄が絹江にバレているということにすら、気づいていないのかもしれない。

内心では恐慌を来《きた》しているであろう道斎へ、小磯は容赦のない問いを発した。

「お前さん、春香のこたぁどう思ってるんだい」

「どう、と言われましても……」

道斎は狼狽《うろた》えるばかりで答えることができない。小磯は、あえて厳しい声で決めつけた。

「まさか、ただの暇潰《ひまつぶ》しで娘心《むすめごころ》を弄《もてあそ》んだだけだ、なんて言うんじゃあるめえな」

道斎は驚いて顔を上げた。

「まさか、そのようなことは」

小磯を見返すうちに、自分はそこまで見損なわれていたのかという憤《いきどお》りが込み上げてきたようだ。

が、小磯は若い儒者の心情を思いやることなく、容赦ない追及を続けた。

「ほう。なら、どうするね——お前さん、春香の父親に、『娘さんを嫁にください』って、真正面から堂々と頼みにいけんのかい。相手は三十俵二人扶持《ぶち》の小禄《しょうろく》とはいえ、れっきとしたご直参だぜ。

もらいてえってご当人だって犬猫じゃねえんだ、『ください』、『ほらよ』ってワケにゃあいかねえことぐらい、手習いの師匠やってるお前さんに、わざわざおいらが言って聞かせるまでもねえこったろうが」

問い詰められた道斎は、返答に窮してまた俯いてしまった。

「黙ってりゃ済む話じゃねえってことも、当然判ってるよな——まぁ、いいや。山崎がおかしくなっちまって、あっさり許すようなことだって百万のうちの一つぐれえはあるかもしれねえ。だから、そいつはひとまず措《お》いとこうかい」

小磯が攻撃の手を緩めたので道斎はわずかに息を継ぐことができたが、体勢を立て直す間もなくすぐに二の矢が浴びせられた。

「仮に山崎がお前さんと春香のことを許したとしてだ、お前さん、あの娘をどうするつもりだい。さっき『おいらは店賃のことなんぞにゃ関わらねえ』なんて言っておいてナンだが、暮らしに必要な払いにもこと欠くようじゃ、とっても所帯持ちなんぞになれねえぜ。

それとも、春香を女房にしたらどっか働きに出すつもりかい——まあ、お前さんなんかよりゃあ、ずっと潰しは利くかもしれねえなぁ。あれだけの器量《きりょう》よしだ、亭主持ちだと判ってても、鼻の下ぁ伸ばして言い寄ってくるような客は、いくらもいんだろうしな」

「馬鹿な。そんなことをさせるつもりは毛頭《もうとう》ありません」

憤然とした答えが返されても、小磯はいっさい譲歩《じょうほ》しない。

「夫婦《めおと》んなりゃあ、そのうちに赤子だってできんだろう。そしたらお前さん、いってえどう暮らしを立てるね。

独りでもやっていけてねえってえのに、養う口が二つになり三つんなって、お前さん、女房子供に三度三度のお飯《まんま》が食わしていけんのかい。やれるってえなら、いってえどんなやり方すんだか、おいらにご高説を披露《ひろう》しちゃくれめえか」

この問い掛けに、道斎は下を向いたまま黙り込んでしまった。

小磯は黙《だんま》りに付き合ったまま、もう己から言葉を発しようとはしなかった。

長い沈黙の後、ついに道斎は顔を上げた。

「要するに、春香どののことは諦めろと?」

小磯は静かに応ずる。

「それができんなら、そいでもいいさ。けどよ、ただお前さんが諦めりゃあ済むってモンじゃねえのと違うか。

だってよ、『やっぱり俺らはどうにもならねえ、ハイ、さようなら』じゃあ、お前さんに熱くさせられちまった春香はどうなる? いかにも不人情なやり方だたぁ思わねえかい。そんなおっ放り出され方したんじゃあ、どうにもあの娘が不《ふ》憫《びん》だぜ」

追い詰められた道斎は、開き直ったように声を上げた。

「私に、どうしろと?」

「そいつぁ、おいらが決めるこっちゃねえだろう。お前さんは、どうするつもりなんだ」

「……なれば、腹を切るよりございますまいな――確かに、私には女房子供を養っていくような甲斐性《かいしょう》はありませぬ。そんなことは十分判っていながら、春香さんを好きになってしまったのは私の落ち度でしょう。人に途《みち》を説きながらのこの始末、弁解はひと言もございませぬ。

　春香さんには遺書を認《したた》め、その中でできる限り詫びましょう――小磯様にはお手数をお掛けしますが、お内儀様ともども、どうか春香さんのお力になっていただけるよう、伏してお願い申し上げます」

　小磯は淡々と問う。

「死んで詫びるってかい」

「私には、他にどのような手立てもありませぬ」

「学者のお前さんに、そんなことができんのかい」

「親の代からの浪人者とはいえ、これでも武士の端くれのつもりです。自分の身ぐらいは、自分で処してみせまする」

　道斎は、小磯へはっきりと断じた。老練な同心に見据えられても、全く気後《きおく》れするところなく真っ直ぐ相手を見返してきた。

「そうかい。お前さんの覚悟は判った――でもよ、早まるなぁまだちょいと早えぜ」

「今さら何を」

「他に手立てがねえから腹ぁ切るってんだろう。なら、もしひとつでも代わりの手立てになるモンがあったら、そこまですることたぁねえってことになんだろうって、言ってんのさ」

「小磯様、それはどういう意味にござりますか」

「お前さんの覚悟が聞きたかったから、試すようなことぉ言っちまった。そいつは勘弁してくんな——でもよ、竪柴道斎の本気を見せてもらったからにゃあ、おいらも本音でものを言わせてもらおう」

「？」

「道斎先生よ。お前さん、命を捨てる肚まで決めたんなら、竪柴の名字を捨てんのはそれよりゃあ容易《たやす》いこったろう」

さすがに頭の回転は速いようで、小磯の言葉からすぐに思いついたことがあったようだ。

「春香さんの家へ婿養子に？——しかし、山崎様のところにはご嫡男《ちゃくなん》、春香さんのお兄上がいらっしゃるのでは」

小磯は、相手の疑義をあっさりと認めた。

「ああよ、山崎の家へお前さんを押し込もうなんて考えちゃいねえさ」

「では？」

「他にも、あんだろうがよ」

一転して悪戯《いたずら》っ子のような目で見てきた小磯を、道斎は困惑して見返すばかりである。その儒学者に、小磯は己の考えを告げた。

「そのような、まさか……」

話を聞いた道斎は驚愕《きょうがく》する。

「まあ、そいでも上手くいかねえかもしんねえが、そんときゃあ春香のことはキッパリと諦めるんだな――おいらの考えに乗るか断るか、今すぐ肚を決めろとは言わねえ。じっくり考えて、お前さんなりの答えを出しな」

ようやく己の責任を果たし終えて、小磯もほっと息をついた。

第三章　共闘

一

　健作の住まい兼仕事場は、一亮が寝泊まりする物置小屋と大差のない掘《ほ》っ立《た》て小屋《ごや》だ。大きさもさほど変わらないはずだが、余分な物がゴタゴタと詰め込まれていない分だけ、だだっ広く感じられる。

　一亮の住まい同様、浅草寺裏手に位置する奥山でも最奥部《さいおうぶ》にあって、以前は大仕掛け用の物置か、芝居で使う大道具造りの作業場にでもなっていたのかもしれない。これは、普段使っている出入り口以外に、壁の一部がそのままはずれるほどの間口の大きな扉がついていることからの推量だった。

　大盛況《だいせいきょう》だった灌仏会は終わったものの、梅雨《つゆ》前で一年の中でも一、二を争うほど季候がよいこの時期、奥山は書入《かきい》れどきが続いている。灌仏会に無理をさせた皺寄《しわよ》せで見世物細工に具合の悪いところがあるままでは、有卦《うけ》に入っている興行に支障が出かねないから、健作は細工物の手入れや手直しをいくつも頼まれて大わらわであった。

大物をバラして本格的な手入れをするのは、夕刻見世物小屋を閉めてから翌日開場するまでの夜間の仕事になる。このところの健作は夜鍋《よなべ》が続いていて、昼夜逆転の生活を送っているようだ。

陽のあるうちも、健作は、取り替え用の部品やすぐに戻せる小物をいじっていることがよくあった。

毎朝の掃除を終えた一亮は、そんな健作のところに顔を出してみた。細工物の動く仕組みがどうなっているかを、外装をはずした裸《はだか》の状態で直に見られるのはなかなか興味深いことだったし、邪魔にならないように見ている分には、健作に迷惑がる様子がなかったからだ。

健作の作業を補助するほどの知識も器用さもなかったが、自分の近くにある道具を手渡したり、親方のところへ使いにいって頼まれた資材を調達してくるぐらいの手伝いはできるようになっていた。

「あら、いらっしゃい」

健作さん入ります、と断りながらいつものように小屋の戸を開けた一亮は、思いも掛けず柔らかい女の声に出迎えられて戸惑った。同じ女でも、飾り気のない桔梗の応答なら、戸を開けたところで突っ立ったままになるようなことはなかっただろう。

「一亮ちゃんだったっけ。こんにちは」

にこやかに挨拶してきたのは、於蝶太夫だった。土間に広げた筵《むしろ》に座って細工物を手にしている健作の前にしゃがみ込み、上体だけ振り向けて一亮を見返している。

太夫は、先日の芽を摘む場で会ったときと比べると、髪も衣装もずっと地味にしていたが、それでも薄暗い小屋の中が明るくなったように感じられた。

こんにちは、と挨拶を返した一亮は、二人を見比べた。

「また、来ます」

そのまま出ようとする背中へ、太夫が声を掛けてくる。

「遠慮しなくていいわよ。お入りなさいな」

振り向いて「でも」と言いかけ、健作の顔を見て言葉を呑み込んだ。健作が

「ここに居てくれろ」と目で訴えかけているようだったからだ。

「お客さんが来たから、お茶でも支度しようかしら」

於蝶太夫は、まるで自分の住まいでもあるかのように、茶道具を探す様子で立ち上がった。健作が慌てる。

「太夫。俺んとこにゃあ、そんな上等な物はありませんや」

「あら、そうなの。なら、あたしんとこから持ってこようかしら」

「じょ、冗談はやめとくんなさい。なんで、太夫がこんなとこに」

「だって、あったら健作さんも使えるだろうし、第一、あたしが来たときに重《ちょう》宝《ほう》するしね」

「太夫が、またいらっしゃる……」

「迷惑かしら」

健作は、「いや、そんな」とへどもどしている。桔梗に好き放題悪態《あくたい》をつかれているときを含め、これまで一亮が見たこともないほどの動転ぶりだった。

二人の様子を見比べていた一亮が、そろりと助け船を出す。

「太夫さんは、手妻の道具か何かを直してもらいにいらしたのですか」

於蝶太夫は考える顔になった。脇から会話に入ってこられたことを少しも気にしていない様子で独りごちる。

「そうねえ、そういうお願いもできるんだわねえ」

　では何を、という表情を見せた一亮に向き直り、あっさり教えてくれた。

「健作さんに、あたしんとこの舞台に上がってもらえないかと思ってね」

　まだ健作はそこまでの話を聞いていなかったらしく、驚きの声を上げた。

「えっ、舞台に。俺が？」

　於蝶太夫のほうは平然と続ける。

「あら、そんなに驚かなくてもいいじゃない。本職じゃ裏方やってながら表のほうへも出る人なんて、ここじゃゴマンといるんだから」

「だって――いや、俺は、そういうのはできませんから」

「そうお？　でも健作さんは、天蓋さま方と旅に出る前、操《あやつ》り芝居（人形浄瑠璃《にんぎょうじょうるり》）の舞台に立ったって、あたしは聞いてますよ」

「ありゃあ、人形遣いの若手が軒並み風邪でぶっ倒れちまって、このままじゃ幕が開かねえって無理矢理頼み込まれたんで。仕方なしに一日《いちんち》限りで代わりを勤めただけでして……」

「ほら。代役だって一日限りだって、ちゃんと舞台に立ってるじゃないの」

「いや、でも、人形遣いは黒子《くろこ》で、顔も紗《しや》で隠してますし」

「ふーん。健作さんだってきちんとした身形《みなり》と化粧して舞台に立てば、それなりに見映えはすると思うけどね」

「け、化粧ですか。俺が？」

「そりゃあ、舞台に立つんだから白粉《おしろい》塗って目鼻立ちをきりっとさせるぐらいの化粧はするわよ。芝居仕立てじゃなきゃ、歌舞伎の隈《くま》取《ど》りみたいなことまではしなくていいけどね」

「隈取り……」

「無理矢理頼み込まれたからやったっていうんなら、あたしもそうしようかしら——どう、ここで両手をついて、筵に額をつけてお願いしたらやってくれる？」

「た、太夫、何を……そんな無茶は言わねえで、どうぞ勘弁してやっておくんなさいな」

健作のほうが筵から跳び下がって、土下座《どげざ》をしそうな勢いだった。

見かねた一亮が健作にひと息入れさせようと、また口を出す。

「太夫さんは、健作さんに舞台で何を演じさせるつもりなんですか」

於蝶太夫は笑顔でこの問いに応じる。

「あたしんとこの演し物は手妻ですよ。もちろん、健作さんにお願いするのもそれにきまってます」

「手妻——からくりを使った手妻ですか」

「からくりねえ——それもいいけど、だったら健作さんには作るほうの工夫をお願いすれば済む話で、無理に『出てくれ』なんぞと頼んじゃいませんからね」

「じゃあ、何を?」

於蝶太夫は再びにっこり笑う。

「ヒヨコですよ」

「ヒヨコ?　ヒヨコって何ですか」

「見ててみな」

そう応じてくれたのは、於蝶太夫ではなく健作だった。

健作は張り抜き（張りぼて）に貼るための半紙を一枚持ち上げると、手早く千切って掌を広げたほどの大きさの人形にした。その人形の胸の真ん中に千枚通《せんまいどお》しで穴を開けて凧糸《たこいと》を通す。糸の一方の端を五寸釘《ごすんくぎ》の頭にぐるぐると巻き付けながらまた口を開いた。

「ホントは客から見えねえよう、馬の尻尾《しっぽ》の毛みてえにごく細い黒糸と、小《ち》っこい縫《ぬ》い針《ばり》でやるんだが。お前さんにゃ種明かしをしてやらねえといけねえから、このほうがいいだろ」

頭に凧糸を巻いた釘を、筵の下の地面に刺す。片肌脱いで、釘に巻いていないもう一方の糸の端を、己の左腕の付け根にぐるりと巻いた。

釘と健作の肩で両端を固定された糸は、ダラリと弛《たる》んで真ん中が筵についている。糸を通した紙人形は、弛みの中央にあって筵に横たわっていた。

「雑な作りだし糸も太いから、動きがぎこちねえのは勘弁してくんな」

そう言うと、使い終わっていったん脇に置いていた千枚通しを再び右手で拾い上げた。

健作は、千枚通しの先で紙人形をぴたりと指す。健作がごく自然に背筋を伸ばすのにつられ、肩から伸びる凧糸がだんだんと持ち上がってきた。

「あっ」

一亮が思わず声を上げた。健作が千枚通しの尖った先端をゆっくり上げると、これと連動するように人形が立ち上がったのだ。

千枚通しの先がヒョイヒョイと振られると、人形はそれに合わせて踊り出した。一亮は素肌を晒《さら》している健作の左肩をじっと凝視《ぎょうし》したが、右腕の動きにつられてほんの微かに揺れるだけで、意識して動かしているようには全く見えない。

もし屻糸がはっきり見えていなかったら、筵の上の紙人形は、己の意志で勝手に踊っているとしか思えなかっただろう。

「こういうのを、ヒヨコっていうんだ。判ったかい」

人形を動かしながら、健作が言ってくる。「はい」と応じながらも、まだ一亮は楽しげに踊る人形から目が離せずにいた。

見世物小屋の場面で記述した「於蝶太夫『以前』の蝶の曲芸」も、原理的にはヒヨコの応用なのだ。

「やっぱり、見事なもんだねえ」

じっとみていた於蝶太夫が、溜息混じりに賞賛した。

健作のほうは、卑下《ひげ》した言葉を口にする。

「こんなもん、やれる野郎はそれこそ掃《は》いて捨てるほどいますよ」

が、於蝶太夫は肯《がえ》んじない。

「そうかねえ。お前さん自身が言ったように、雑に作った人形や屻糸なんかで、これだけ操れるお人は二人といないように思えるけどねえ――ねえ、そうじゃないかい、一亮ちゃん」

全く同感だが、そのまま口にしていいものか――太夫に話を振られた一亮は、迷った末に健作を見た。

健作は困惑する一亮には構わず、膝を揃えて太夫に正対する。

「いずれにしても、こんなものはお座敷芸か、道端に座り込んでやる大道芸ですよ。太夫の小屋に掛けられるような代物じゃありません」

「そりゃあ、そのまんまじゃあ、お前さんの言うとおりだろうけど、お前さんなら舞台でだって映えるほど大きな紙人形を――たとえば四、五歳ぐらいの子供の大きさがあったって、それこそ生きてるように動かすことができるだろう」

「太夫、そりゃあ……」

何かを言いかけていったん口を噤《つぐ》んだ健作は、別の言葉を発した。

「舞台の上でヒヨコをやらせたいなら、太夫のおそばに霧蔵さんがいるじゃありませんか。あの人の手車の技がありゃあ、そのくらい十分こなせるはずですよ」

確かに面構《つらがま》えからいっても霧蔵のほうが舞台映えがしそうだと、一亮にも思える。

しかし於蝶太夫は、健作の提案に首を振った。

「駄目駄目。霧蔵じゃあ、無理ですよ。あいつは力任せにぶん回すのが精一杯で、お前さんがやるみたいな細やかな心配りをしながらの扱いには、長《た》けてないからね」

目の光に真剣さを加えた健作は、踏ん切ったように「太夫」と呼び掛けた。

何か言おうとしたとき、戸口が開き邪魔が入った。

「於蝶太夫、ここにいたのか」

「御坊――」

戸口に立った人物を見て、健作はほっと肩の力を抜いた。現れたのは、天蓋だった。

「あら、お呼びが掛かっちゃったわね。残念だけど、今日はここまでね――また来るわ。お相手してくれて、ありがとう。一亮ちゃんも、またね」

於蝶太夫は最後に一亮へも笑顔を振りまくと、天蓋が脇へ退《の》いた戸口を外へ出ていった。天蓋は、無言でその背に従ったようだ。

ふうっと、健作は大きく息を吐いた。大仕事を終えたような疲れた顔をしている。

なぜか、一亮も同じような気分だった。

「二人して鼻毛を抜かれたような顔して、だらしないねえ」

戸口で、非難の声が上がった。

健作がのろのろと見上げると、両腕を腰に当てた桔梗が立っている。

その後ろに隠れ、首だけ出すようにして、早雪も小屋の中を覗《のぞ》き込んでいた。

二

「なんだい、鼻の下ぁ伸ばして、みっともない」

小屋の中に入ってきた桔梗は容赦《ようしゃ》がない。いつものように健作を責め立てる。

「鼻の下なんか伸ばせるもんかい。相手を誰だと思ってる」

一方の健作のほうは、すでに気力を使い果たして弱っていた。

が、この程度で桔梗が矛《ほこ》を収めるはずもない。

「へえ、そうなんですかねえ」

「そうさ。俺なんかじゃあ、弐の小組の小頭を相手にして、歯が立つわけがねえだろう」

「で、於蝶太夫は何だって」

「なんか、俺に舞台に上がってほしいとかって話だったな」

「へえ。それでお前、飛びついたのかい」

「よせやい。俺が裏方で十分満足だってことは、お前さんも先刻ご承知だろう」

「あら、そうなのかい。それにしちゃあ、ずいぶんと楽しそうにその紙人形操って見せてたじゃないか」

「こいつぁ、こいつぁお前、一亮に『ヒヨコって何だ』って訊かれたから、実演して見せただけさ――なあ、一亮。そうだろ？」

話を振られた一亮は、今度こそ「ええそうです」と力強く頷く。

が、桔梗には無視された。

「へえ、ホントに。お前さん、細工物の手直ししなきゃならないときに、一亮にそんなご親切に振る舞ったことが、これまで一度でもあったかねえ」

「太夫が訪ねてきてんのに、細工物をいじりながら応対するわけにゃいかねえだろ。だから今日は、ちょいとご披露するようなこともやれたのさ」

「ほら、やっぱり於蝶太夫が来たからじゃないか」

この言い合いは何なのだろうと、一亮が間に入ることもできずに見ていると、己の左袖が引っ張られた。目をやれば、早雪がじっとこちらを見上げている。

「桔梗さん《さ》、なんで怒ってるんだ《ごっしゃいで》?」

桔梗の剣幕《けんまく》を懼れたのか、囁き声で尋ねてきた。

一亮は口を開きかけて思い直し、いったんそのまま閉じた。

「なんでだろうね」

結局、そう応ずるしか言葉が思い浮かばなかった。


健作が住まう小屋を背にして、於蝶太夫と天蓋は並んで歩いた。

「あまり、からわんでもらえるか」

天蓋が、前を向いたまま太夫に言う。太夫は驚いたように問い返した。

「あら、なんのこと?」

「言わずとも判るであろう」

これには、含み笑いで返された。

「健作さんのこと?　あたしは、本気で誘ったのかもしれませんよ」

天蓋は「馬鹿な」と吐き捨てて続ける。

「そなたが健作に持ち掛けた、舞台の上で大きな紙人形を操るような演し物は、あの男の討魔の業にあまりにも近すぎる。評議の座の皆様がお許しにならぬぐらい、そなたもわきまえておろうに」

「あら、そうかしら。でもそんなことを言ったら、桔梗さんの小包丁打ちなんて、討魔の業そのものじゃあありませんかね」

「それを言うなら、太夫、そなたの技も同じであろう――何を認めて何を禁ずるかは、評議の座の方々のお考えによる」

「なら、お許しが得られるかどうか、試してみてもよさそうだわね」

この返答に、天蓋は黙した。

どこまで認めてどこから禁ずるか――明確な決まりごととされていないからはっきりしたことは言えないが、おそらくは「単に外形的に似ているところがあるだけか」、それとも「討魔の業と本質的なところでつながっているか」で区別されるのであろう。

桔梗が芽を摘むために撃つ手裏剣は、鬼を封ずる力が籠められるが、舞台上の小包丁打ちは単なる手先の技である。一方、健作が糸を何本も使い、子供ほどの紙人形をまるで生きているかのごとく操るとなれば、芽を摘む際の糸の使い方に近づくほどに、神経を集中することになる。

天蓋は、この差異を直感的に察しているからこそ、先ほどのような苦言を呈したのだろう。於蝶太夫も討魔衆の小組を預かるほどの身とあらば、無論のこと同じ程度には把握しているはずなのだ。

わずかな沈黙の後、天蓋が再び口を開く。

「そろそろ、本題に入ったらどうかの」

水を向けられた於蝶太夫からは、それまでの楽しげな口ぶりが消えていた。

「あたしの小組に、命が下ったわ」

「芽を摘みに出ると?」

無言は、肯定の証だった。

「なぜ、今さらそれを、拙僧に?」

芽吹きが認められた場合に討魔の小組が出されるのは、当然のことだ。そして、「疑わしいが確かではないところ」に出される天蓋の小組とは違い、壱の小組や弐の小組が出される先では、ほぼ確実に芽を摘む業が繰り広げられることになる。

返された言葉には、これまでにない真剣みが感じられた。

「少し、嫌な感じがしてるもんでね」

「ほう、どういうことかの」

於蝶太夫は、これより出されることになる場の状況を語った。

「なるほどの。で、拙僧らにどうせよと」

「盾《たて》になってくれと頼む気はないわ。それじゃあ、弐の小組の名が廃《すた》りますからね。第一、こんなことでビビッてちゃあ、とっても芽を摘む業なんかやっちゃあいられないし」

「では？」

於蝶太夫は前に出て振り向いた。ひたりと天蓋を見つめる。

「後詰《ごづ》めをお願いできないかしら――その間、早雪とかいう娘さんは、うちの小屋の小女たちに面倒見させるから」

「後方から支援せよと」

「危なくなったら救けてくれなんて話じゃないの。ただ、討ち漏らしたモノが出たときには、後始末をお願いしたいってこと」

「……確か先日の水戸街道新宿では、太夫は『一匹逃がした』と言っていたの」

於蝶太夫がこたびの頼みごとをしにきたのは、この失敗りが頭にあったからかもしれない。

もっとも、評議の座をはじめとして、この一件は誰からも問題視されていなかった。於蝶太夫以外に同様の申し立てをした者がいなかったため、「逃がしたモノがいたかどうかは不確実」とされたからだ。

於蝶太夫より次になされた問い掛けは、軽いからかいだったのだろうか。

「天蓋さまは感じなかった？」

天蓋は正直に答える。

「生憎と拙僧は、自分のことだけで精一杯であった」

「あの小僧さんは？」

「一亮か。何も言うてはおらなんだが……」

わずかに考え、付け足した。

「あの子なれば、もし感じておったら拙僧に告げておったはずだ」

「そう。あの小僧さんも、全能ってわけじゃないのね」

於蝶太夫の声には、わずかな落胆《らくたん》が感じられる。

「太夫は一亮のことを、ずいぶんと買っておるようじゃの」

目を上げたときには、普段の華やかな笑みを取り戻していた。

「あら、おかしい？」

「邪魔者扱いするようなことを言う方々ばかりであったからの。そなたのように言うてくれる者は、珍しい」

「あたしは、変わり者かしら」

童女のようにコロコロと笑う。

「ありがたく感じておる――ところで」

天蓋が話柄《わへい》を変えたことで、於蝶太夫も真顔に戻った。

「太夫からの頼まれごとを拒むつもりは毛頭ないのだが、一亮が邪魔者扱いされているというばかりでなく、拙僧ら全員が白い目で見られておるでな。まさかに、評議の座に断りなく出るわけにはいかぬものの、申し出れば横槍が入ってくるかもしれぬ」

「愚図愚図《ぐずぐず》してる暇はないしね」

太夫が「命が下った」と言ったのは、「支度しておけ」という事前の指図があったということであろうが、明日か遅くとも明後日には実際に出張《でば》ることになろうと思われる。

天蓋の申し出に眉が顰められ、議論の場へ提議されるのが遅れれば、天蓋の小組は動けぬまま、弐の小組が芽を摘みに向かうこととなってしまう――いや、「弐の小組を出す」と評議の座が決めた以上、その結果が明らかになるまでは、次の会合は行われないと考えたほうがよいかもしれなかった。

「評議の座には、あたしのほうからも申し出るつもりだけど」

於蝶太夫は考えていた目論見《もくろみ》を語った。しかし、天蓋は疑義を呈する。

「それは、どうであろうか」

「上手くいかないって？」

「確実とは言えぬの。それに、もしこたびは上手くいっても、たとえ一時《いっとき》とはいえそちらから望んで拙僧らと組んだとなれば、これから弐の小組がやりにくくなるぞ」

「天蓋さまのところがそこまで嫌われてるとはね」

於蝶太夫が嘆息《たんそく》する。

「すまぬの。これまで、だいぶ派手にやり過ぎたからな」

「反省なんか、してないくせに」

於蝶太夫からズバリと指摘されて、天蓋はポリポリと頰《ほお》を掻いた。

「で、あたしがやろうとしてることを止めるっていうなら、他にどういう手があるの」

「まあ、これも一か八かではあるがな。唯一、評議の座で拙僧らを白眼視《はくがんし》しておられぬ方にご相談してみようかと思う」

「なるほどね。天蓋さまの小組は、確かにあのお方に目を掛けられてますからね」

言われた天蓋は、言葉どおりに受け取れない。

「目を掛けられているというよりは、いいようにこき使われている、という気はするが」

「ともかく、やれそうならやってちょうだい。駄目だったら、やっぱりこっちから願いにいくから」

「そうしよう。救けられた借りは、返さぬとな」

三

小梅村《こうめむら》は、向島と本所を分ける源森川《げんもりがわ》の向島側と本所側、南北両方に点在する百姓地だ。その本所側、遠州横須賀藩《えんしゆうよこすか》下屋敷の東と南に隣接する小梅村も、やはり一面に田畑が広がっている。

本所で人が多く住まうのは大横川《おおよこがわ》より西の大川に近いほうであって、千代田のお城からここまで離れると、昼でもそう多くの人の姿を見掛けることはなくなる。ましてや、町中ですら人影が途絶える深夜ともなれば、半分に欠けた月がどれほど大地を照らしていようとも、人っ子一人見えないのは当然だった。

その地に、今、二つの人影が立った。月光の下では色使いまでは判別しづらいが、一人は華やかな衣装を纏った女、もう一人は出職の職人か振り売りのような格好の若い男だ。

於蝶太夫と、霧蔵の二人であった。

「あそこだね」

「そのようで」

そうやり取りを交わした二人の視線の先には、田畑が広がる先に一箇所だけこんもりと盛り上がる小さな森がある。高い木が途切れた森の中央部から、月光を照り返して白く光る建物の骨組みが覗いていた。

今年に入ってほどなく、火を出して全焼した寺だった。田畑の中にぽつんと建つ寺院である上、雨降りのすぐ後だったこともあって森の木々を燃え上がらせるようなこともなく、周囲まで延焼するような大事には至らずに済んでいる。

本堂の骨組みが見えるのは建て直しの最中だからだが、せっかくの普請《ふしん》は中断され放置されたままになっていた。

途中で大工に払うべき金が尽きたからというわけではない。普請を請け負った大工たちが、寄りつかなくなってしまったのだ。

建て直しの最中とはいえ、この寺には住職をはじめとする僧侶も一人として寝泊まりしている者はなく、ほんの短い間だけなのかどうか、今は全くの無住《むじゅう》になってしまっている。

最初は、見習いの大工が一人、不意にいなくなったことから始まった。そのときは、腰の据わらぬ新米だから、仕事が嫌になったかどうかして、逃げ出したのだろうと簡単に考えられただけだった。

しかし、立て続けに大工と鳶《とび》が一人ずつ、また突然姿を消した。こたび消えた大工は真面目一方の堅物《かたぶつ》であり、鳶のほうはそれなりに遊びもやる男だが、人が呆れるほどの子煩悩《こぼんのう》だったのに家にもいっさい帰った様子がない。

さすがに普請場は騒然となった。棟梁《とうりょう》が皆を鎮めて仕事を続けさせようとしたものの、今度はその棟梁まで神隠《かみかく》しに遭ったように消えてしまった。

これでは、仕事の続けようがない。棟梁に従っていた大工たちが普請場に寄りつかなくなったばかりでなく、働けなくては明日からのお飯《まんま》が食い上げだと、それぞれに新たな親方を求めて皆散り散りになってしまった。

建て直しが中断した寺のほうも困惑したが、先の棟梁の仕事を引き継いで普請を続けてくれる新たな棟梁を探して交渉を始めた。しかしその最中、仮に建てた納所《なつしょ》で寝泊まりしていた住職までもが、朝になってみると忽然《こつぜん》と消えていた。

そうと知った小坊主も寺男も、ついにみんな逃げ出してしまったのだ。後には、建てかけたまま放置された寺が残されるばかりとなっている。

これほど立て続けに人が消えたとなれば、近所で評判が立つのは当然だった。まともな者は誰も近づこうとはしない中、わざわざ見にいってやろうという物好きな連中もいる。

しかし、真実かどうかは不確かながら、そうやって見物に行った者のうちの何人かも行方知れずになってしまったようだという噂が広がると、物見高い連中でさえ足を向けるのをぱったりとやめてしまったのだった。

その寺に、於蝶太夫と霧蔵は真っ直ぐ向かっていく。周囲への警戒は怠っていないはずだが、歩み方は大胆で、視線も前方へ向けたままだった。

「何か感じるかい」

森に踏み入ったところで、太夫が視線をやることなく、隣を歩く霧蔵に問うた。

「いえ、何にも——そいつが、おかしいってこってしょうね」

霧蔵の応えも落ち着いている。

森は、ひっそりと静まり返っていた。血の滲むような修行の末、人並み外れた鋭敏《えいびん》な感覚を得たはずの二人にすら、何も伝わってくるものがない——樹上で休む小鳥や藪《やぶ》の中に潜む小さな獣《けもの》の息づかいさえも。

それこそ、この森が尋常《じんじょう》な場所ではないことの証だった。

ほどなく森の中の道が開け、肉が腐り落ちた後の骸骨《がいこつ》のように骨組みを晒した、寺の本堂が視界に入ってきた。

「行くよ」

於蝶太夫は足取りをいっさい緩めることなく宣する。

「へい」

霧蔵は、短く応じた。

於蝶太夫と霧蔵の二人は、建てかけの本堂のすぐ前に立って足を止めた。柱や横木が縦横《じゅうおう》に走る構造を見上げる。

「……」

二つの人影は、固まってしまったかのように、しばらくその場に佇んだままだった。

微かな風が、太夫の髪からほつれた毛を揺らす。その風は周囲の気温よりも生暖かく感じられ、そしてわずかに生臭い臭気を伴っていた。

カサリ。

本堂の向こう側で、草の葉同士が風で触れ合ったような音がした。ただし、森の中というほど遠くなく、建てかけの本堂のすぐ向こうのようだ。

霧蔵が太夫を見る。太夫は、ほんのわずかに頷いた。

霧蔵が、静かにその場を離れる。

於蝶太夫は独りになってもわずかも怖れる様子を見せず、その場に佇んだまま何かを待っているふうだった。

また、微風が吹き過ぎる。

「結界を閉じたかい……」

太夫の口から、誰にも聞こえないほど小さな独り言がこぼれ出た。

目に入る景色には、わずかな変化も見られない。それでも、於蝶太夫は自分がこれまでとは違った場所に連れてこられたことを、しっかりと感じ取っていた。

太夫のそばから離れた霧蔵は、建てかけの本堂の向こう側、草ずれが聞こえた辺りに立った。

地面を見下ろせば地を這《は》うような低い背丈《せたけ》の雑草が生えているが、その葉があれほどの音を出すとは思えない。

霧蔵は、ぐるりと周囲を見回した。

本堂の骨組みの向こう側には太夫がいるはずだが、太い柱と一部だけ打ち付けられた壁板に遮られて、その姿を視認することはできなかった。

ミシリ。

今度の音は、建てかけの本堂の中から聞こえてきた。柱と横木を接《つ》いだところが、軋《きし》んだような響きだ。

霧蔵は、躊躇《ちゅうちょ》なく柱が林立する本堂の中へ踏み入っていった。

一本跨《また》ぎ越えた後は、剝《む》き出《だ》しの根太《ねだ》の上に立ってその上を歩く。横たえて据えられた三、四寸（十センチ前後）ほどの材木の上を、まるで猫のように滑らかに伝っていった。

背を丸め、平地の上を歩くのと変わらぬ速度で移動する霧蔵が、突然足を止めた。下ろした右手から、掌に隠れるほどの大きさの黒い円盤が滑り落ちる。スルスルと地に向かい降りていったそれは、地面に接する前に霧蔵の手へと舞い戻った。

再び、円盤が霧蔵の手から離れる。芽を摘む際に霧蔵が得物として用いる、鋳鉄《ちゅうてつ》で作られた手車だった。

そのとき、何かが飛んできて霧蔵を襲った。

霧蔵は余裕をもって飛来物を躱した。同時に、途中から引き戻した鉄製の手車を、飛来物が飛んできた方向へ投げ返していた。

ガシン。

本堂の横木が、硬い物のぶつかった音を立てた。

「く……」

霧蔵が唇《くちびる》を噛《か》んだ。

攻撃してきた相手を狙った手車が、縦横に走る建物の木材に当たって弾き返されたのだった。霧蔵の手車にはどういう仕掛けが施されているのか、目標に当てても それ以外の障害物に当たっても、手首を返しながら何らかの操作をすれば引き戻せるようだ。

真っ直ぐ突き立った柱の陰に、チラチラと相手の姿が見え隠れしている。しかし、霧蔵が狙いをつけようとすると、相手は柱の後ろに潜んでしまう。

霧蔵は根太の上で小走りになり、あるいは別の根太へ跳び移って、相手を己の射線に捉えようとした。しかし、相手の動きも己に劣らぬほど素早い。

霧蔵は前へ出ようとしかけ――急に体を引き戻した。霧蔵が移動しようとしたところに立つ柱には、相手が投げた物体が三枚突き刺さっていた。

まるで八方手裏剣《はっぽうしゅりけん》を縦に引き延ばしたように細長く、棘《とげ》があり、硬質な柊《ひいらぎ》の葉。それが、こたびの相手の得物のようだった。

霧蔵は相手が攻撃に出た拍子を捉えて手車を放ったが、わずかに遅れて相手が再び隠れたために、柱へ打ち当てることなく手許へ回収した。

――こっちも決められねえが、向こうさんもこっちへ当てきるほどの素早さはねえか。

相手の速さ、俊敏《しゅんびん》さを測り、自分と較《くら》べてみてそう考える。互いに決め手を欠き、このままでは決着まで長びきそうだった。

於蝶太夫のことが気にならないわけではないが、「太夫は俺なんぞよりもずっと腕が立つ」と自分を落ち着かせる。いずれにせよ、目の前の相手をどうにかしなければ、太夫の下へ駆けつけることもできない。

ふと柊の葉が刺さった柱を見ると、傷がついた辺りからだんだんと黒ずみ始めている。

――こたびは、毒まで使ってきやがったか。

「！」

突然の気配に、霧蔵は総毛立つ。何とか根太から飛び降り地に伏せることで、背中から飛来した柊の葉を避けることができた。

――向こうは、一匹じゃねえ！

このごろの芽吹きの有りようを考えれば、当然念頭に置いておくべきことだった。

――太夫……。

不安は急激に増したが、今では下手に身動きもできなくされつつあった。

わずかに頭を上げて気配を探ると、二匹に増えた相手は、連携して移動しながら挟み撃ちでこちらを仕留めるつもりのようだ。

――俺がやられちまったら、それこそ太夫も危なくなる。

そう自分に言い聞かせて、血路を開く方策を探した。

於蝶太夫の周囲にも、ヒタヒタと殺気が押し寄せつつあった。太夫は舞台の上に立っているかのように、帯から扇子を抜き出して左の片手で開いた。

袂に隠していた右手を出すと、帯の前でゆっくりと扇いでいる扇子の上で開く。

太夫の周囲を、ひらひらと四羽の蝶が舞い始めた。

突如、全てを吹き飛ばすような突風が吹き過ぎた。

強い風を正面から受けた太夫は、左足を一歩引いてなんとか耐えようとした。

四

於蝶太夫を襲った風は、一瞬で過ぎ去った。それでも太夫は左手に持った扇子を動かし続けている。

しっかりと地についていないものは全て吹き飛ばすような烈風であったのに、蝶は何ごともなかったかのように太夫の頭の上を飛び続けていた。

再び、みたび、強風が太夫を襲う。蝶は風に煽《あお》られてくるくると回るが、それでやり過ごすことができるのか、太夫のそばから離れることはなかった。

「ふん、やってくれるねえ。お蔭で、ずいぶんと髪が乱れちまったじゃないか」

於蝶太夫は、余裕の笑みを浮かべながら言い放った。

その太夫に向かい、柊の葉が飛礫《つぶて》のような勢いで飛んでくる。

と、ヒラヒラと頭上を飛んでいるだけに見えた蝶が、いつの間にか太夫と飛んでくる葉との間まで舞い降りていた。

鋭いトゲに触れる物は全て切り刻まんと、回転しながら飛翔《ひしょう》する葉の風圧に負けたのか、蝶は舞い上げられ、滑り落ちる。

と、柊の葉は前進するための力を全て蝶に奪い取られて、ただの落ち葉になって太夫の足元に舞い落ちた。勢いを葉から奪った蝶は、再び高く舞い上がる。

「今度はこっちの番だよ」

そう言うと、於蝶太夫は帯からもう一本扇子を抜き出した。

何もないただの闇に向かって、新たに抜き出した右手の扇子の先を突きつける。するとその先端から水流が迸《ほとばし》った。

宙に向かって真っ直ぐ放たれた液体は、放物線を描く途中でなぜか消え失せる
——いや、勝手に拡散して細かい霧になったのだった。

ギャッ。

霧の中から悲鳴が上がった。真っ暗な闇の中から湧き出したような人影がひとつ、ゴロゴロと地を転がって動きを止めた。

すると今度は、いったんやんでいた強風が、また於蝶太夫に向かって吹きつけてきた。太夫は右手の扇子も開いて、踊りのような所作で両手の扇子を操った。

風がやむと、扇子を翻《ひるがえ》したところから数枚の柊の葉が地に落ちていった。どうやら太夫は、風に乗って飛ばされてきた葉を、扇子で防いでいたようだ。

懲《こ》りない敵は、再び強風を叩きつけてきた。今度は砂埃まで混じった、目を開けていられないような土色の風だった。

風に向かって立った太夫は、何を思ったか踊りの所作を途中で止めると、二つの扇子を胸のすぐ前で合わせた。

「ハッ」

気迫を込めた掛け声を発すると、二つの扇子を合わせた間から紙吹雪が噴水のように飛び出した。

小指の爪の先ほどの小さな紙吹雪は、全て蝶の形をしていた。それが、吹きつけてくる強風に逆らい勢いよく噴出する。

土埃を巻き込み灰褐色《はいかっしょく》に染まっていた風により、前方の視界は全く利かなかったが、吹き出していく小さな蝶が何かに当たって止められることで、ぼんやりとした人の輪郭《りんかく》が浮かび上がってきた。

人の輪郭は、太夫に向かって吹く強風よりもさらに強い烈風に曝されているように前のめりになりながら、それでも懸命に太夫へ近づこうとしているようだった。

小さな蝶が次々と当たってきて体に貼り付くように重なり、向かってくるモノの輪郭は、だんだんとあやふやになってきた。

あまりに重なりすぎたためか、表面の蝶の塊がボロリと落ちる——いや、地面に落ちたのは、風に紛れて太夫に襲いかかろうとしたモノの肉体だった。太夫が次々と吹き出させる蝶は、それ自体が毒を持つ鱗粉《りんぷん》のように、向かってくるモノの体を蝕《むしば》んでいるのだった。

さすがの太夫の蝶も、数が尽きて勢いは弱まった。それに合わせるかのように、太夫に向かって吹きつけてきた風もほとんどやんでいる。

色つきの風に隠れて襲ってこようとしていたモノは、体の前面に数えきれぬほどの蝶を貼り付かせたまま、力尽きて太夫の足元に倒れ伏した。

太夫は両手の扇子を閉じて下ろし、足元に倒れたモノを静かに見下ろした。倒れたモノは、もうピクリとも動かなかった。

と、太夫は急に顔を上げて闇を見透かす。扇子を地面に落とすとその右手を持ち上げ、何かを放る仕草をした。

すると、「蜘蛛《くも》の糸」と呼ばれる細い紙の束が、ほどけて水を撒いたような軌跡を描きながら宙に広がった。

ゲッ。

今度声が上がったのは、蜘蛛の糸が到達して地に落ちた辺りだった。蜘蛛の糸は、人の形をしたモノに絡みつき、自由を奪っていた。

襲うことを断念し、逃げだそうとしたモノがまだ一匹残っていたのを、太夫は見逃しはしなかったのだ。

蜘蛛の糸の細い紙には、太夫が飛ばした水や蝶と同じような毒が染み込ませてあるのか、懸命にはずそうと藻掻《もが》くモノも次第に動きを鈍《にぶ》らせ、やがて身じろぎもしなくなった。

同じところに隠れ続けていたら不利になるのは自分のほうだと、霧蔵は悟っていた。

相手が得物として使う柊の葉は八方手裏剣同様、真っ直ぐ飛ばす以外に、軌跡に弧を描かせることも可能なはずだからだ。すなわち向こうは、遮蔽物《しゃへいぶつ》の陰に隠れている霧蔵へも簡単に当てることができる。

一方、自分の得物である手車は、放った後に手許に残る紐の操作で、ある程度軌道をブレさせることができるが、それは何も邪魔する物のない開けた場所での話だった。

柱や横木がそこいら中を走っている中で、下手に放った手車の軌道を変えようとすれば、紐が木材に触れて手車は明後日《あさって》の方向に飛んでいきかねない。悪くすると、投じた手車を回収することができなくなってしまうかもしれなかった。

――つまりゃあ、このままじゃ、こっちがジリ貧。

霧蔵は、相手二匹が柱の陰を縫うように移動する間隙《かんげき》を衝いて、なんとか隠れていた根太の間から抜け出した。その際、何枚もの柊の葉に襲われ、うち二枚は身に纏った厚手の半纏を切り裂き、すんでのところで肌まで傷つけられそうになった。

霧蔵の半纏には細い針金が編み込まれ、刃物を容易に通さないようにしてあるはずなのだが、飛来する葉によってまるで薄紙のようにスッパリ切られてしまっている。そしてわずかでも肌を傷つけられたなら、そこからどのような病毒が体に侵入してくるか知れたものではないのだ。

体勢を立て直した霧蔵が身を低くしたまま両手に手車を構えると、二つの影はいずれも柱の陰に隠れた。

——このままじゃ埒《らち》が明かねえ。

霧蔵は、不意に真っ直ぐ走り出した。本堂の外へ出るのに一番近い方向である。

相手の二匹は、慌てて霧蔵と同じ方向へ移動し始めたようだった。

霧蔵は、左右から飛んでくる葉を、勘だけを頼りに避け続ける。根太や柱が行く手を阻《はば》み、体を揺らすことで不規則に飛んでくる葉を避けての疾駆《しっく》だったのに、足取りはまるで平地を往《ゆ》くのと変わらぬ迅《はや》さだった。

相手には二対一という数の有利のほかに、こういう障害物がある場だと、投げっ放しか紐付きかという得物の差による地《ち》の利《り》も得ていた。ところが霧蔵が本堂

の外へ出てしまえば、二つの有利のうちの一つが失われることになってしまう
――これが、二匹が慌てた理由だった。

――あと少しで本堂の外。

その間際、霧蔵は不意に立ち止まった。

立ち止まらなければ霧蔵の体が一瞬後にあったはずの柱に、無数の葉が突き立った。二匹が、後先を考えずに投げられる限り投じたことによる結果だった。

立ち止まったときには、霧蔵はすでに手車を投擲できる体勢になっている。二匹の鬼は、すかさず物陰に隠れた。

が、霧蔵は構わずその一方へ向かって右手の手車を投じた。それまでよりも、いくらか右手の振りが強く大きかったであろうか。

バキッ。

木の板が割れる音がし、木片が飛び散った。

ギャッ。

続いて上がった悲鳴は、木材の破壊音とほとんど同時だった。相手は確実に隠れたつもりであったのだろうが、咄嗟《しんしゃく》のことで、自分の隠れた場所が薄い板の陰に過ぎないということまでは斟酌できなかったのだ。

霧蔵は、もう一方から飛んできた葉を余裕で躱しながら、右手の手車を回収する。

一匹だけ残った相手は、大事を取って太い柱二本を間に挟んだ陰に隠れ直した。

それでも霧蔵は構うことなく、今度は左手の手車を放る。

手車は相手が隠れた二本の柱の手前のほうに到達すると、霧蔵が手元を狂わせたのか、そこに巻き付いてしまった。

柱と霧蔵の間で、手車の紐がピンと張る。すると、紐が柱のほうへ縮んでいくように見え、霧蔵の手からはもう一つ、右手に残っていたはずの手車が離れていった。

霧蔵は、一匹目を倒した右手の手車を回収したとき、左手の手車と結びつけていたのだった。

柱に巻き付いた左手の手車へ向かって、右手の手車が宙を走る。右手の手車は、柱に当たってコン、という小さな音を立てると、霧蔵に再び放たれたように、自身の中に巻き取った紐をほどきながら、今度は左手の手車から離れ始めた。

向から先は――残った一匹のほう。

右手の手車は、隠れた一匹に近い柱をいったん通り過ぎた後、紐の長さの限界に達したのか、反動に引き戻されてその柱を支点にぐるりと周回した。

安全策を採り二本の柱を間において隠れていたモノにとっては、全く予期せぬ手車の動きであったろう。

グウウ。

息の漏れる音がする。手車の紐は、柱ごと残った一匹に巻き付き、首を絞め上げていた。

「ふう」

素手になった霧蔵は、大きく息をついた。於蝶太夫が自分のほうに向かってきたモノを全て斃したことは、気配で察知している。

手離した己の得物を取り戻すため、霧蔵はゆっくりと仕留めたモノのほうへと足を踏み出した。

於蝶太夫が三匹目のモノを蜘蛛の糸で絡め取り終わると、どこからか浪人姿の男が姿を現した。水戸街道新宿でも、鬼を斃した後に現れた男であり、於蝶太夫の舞台では、独楽の曲芸で太夫の前座を勤めた芸人だった。

浪人姿の男は腰の刀を抜き放ち、太夫が仕留めた三匹に次々と止めを刺していく。やり終えた後に抜き身を手にしたまま本堂へ向かったのは、霧蔵が仕留めたほうにも同様の処置を施すためのようだった。

「さて」

於蝶太夫が背後の森を振り返った。何かまだ、気配を探っているような表情をしていた。

五

天蓋、桔梗、健作、一亮の四人は、目指す寺まで、於蝶太夫たちよりずっと遅れつつ後に従った。四人が寺を囲む森に入ったのは、於蝶太夫たちの闘いが始まってからである。

天蓋は、森へ踏み込む前に小さな声で何かの経を読んだ。それで、一亮たちも芽吹いたモノが展開した結界の中に入れたようだ。

命懸けの闘いが始まった以上、自分らの存在が気取《けど》られる懼れはほとんどなかったが、それでも四人はしばらく森の中に潜み、気配を殺しながらそっと本堂のほうへと近づいていった。

於蝶太夫や霧蔵が視野に入ったときには、いずれも苦戦している様子がはっきりと覗えた。桔梗と健作は腰を浮かせかけたものの、天蓋が手振りで二人を制止した。

――危なくなったら救けてくれなんて言わない。ただ、討ち漏らしたモノが出たときには、後始末をお願いしたいの。

その依頼を受けると、はっきり約束したからである。

やがて於蝶太夫も霧蔵も劣勢《れっせい》を挽回《ばんかい》し、見事に芽を摘んだ――いや、劣勢というのは見方の誤りで、元々二人には余裕があったのかもしれないと思わせる、鮮《あざ》やかな始末の付け方だった。

桔梗と健作の二人も、姿勢を低くしたままほっと力を抜いた。

が、天蓋は逆に緊張を高めていた。

「一亮、何か感じるか」

こたびの一亮は、闘いに巻き込まれていない。水戸街道新宿では感じ損なった「一匹逃げた」気配を、こたびは察知できるかもしれなかった。

もしそれでも、一亮の感覚に触れるものが何もなければ、あるいは水戸街道で「逃がした」という於蝶太夫のほうが勘違いであったということになるのかもしれない。

しかし、やはり太夫の感性は並大抵のものではなかったようだ。

「いました――右手の上空。風に乗って逃げていきます」

一亮の声に被せるように、天蓋が問う。

「桔梗、健作、判るか」

二人が視線を巡らそうとしたとき、一亮が叫んだ。

「そこだけ風が吹いてる。木の枝の靡《なび》きを見て！」

「あれかっ」

いち早く見つけた健作が駆け出すと、わずかに遅れて視認した桔梗がすぐに後を追った。

「爾時仏告諸菩薩及天人四衆吾於過去……」

天蓋が、上空を行くモノに届けとばかりに朗々《ろうろう》とした声で読経を始めた。

「動きが鈍った！」

桔梗と健作が足を速める。足元近くまで達したと感じた健作が、糸を放った。

糸は、逃げていくモノがいるはずのところに真っ直ぐ伸びていき——ついに触れるかという寸前、ビョウと風が吹いた。

「チッ」

健作が舌打ちする。放たれた糸は、突風に吹き流されていた。

「何やってんだい、も一度！」

桔梗が背後から叱咤する。

何度やっても同じ結果になることは明らかであろうに、健作は抗弁することも逡巡《しゅんじゅん》することもなく、もう一度手から糸を放った。

再び、ビョウと一陣の風が吹く。

糸はまた獲物を捕らえることなく流されたが、こたび放たれたのは糸だけではなかった。一拍遅らせ風が収まるのと入れ違いになるように、桔梗が手裏剣を打っていたのだ。

人が大きく呼吸するとき、息を吐ききった後に一瞬隙ができるのと、同じことが起こるはずだと咄嗟に判断しての投擲だった。

ギャアアア……。

夜空一面に、恐ろしげな悲鳴が大きく響き渡った。

健作と桔梗が足を止める。悲鳴が遠ざかっていくのを、二人はその場に立ったまま見送った。

「ちょいと、打つのが早かったかね」

桔梗が悔しげに独りごちる。

手応えはあったものの仕留めた実感はなく、まずは何とか手傷を負わせたという程度にすぎなかろう。桔梗が攻撃した後、相手がむしろ速度を上げて逃げ去ったことが、それを示している。

桔梗の打った手裏剣は、突風が終息しようとする空間を切り裂きながら飛んでいったのだが、わずかに風に押されて狙いを狂わせたのだった。

「あれより遅らせてたら、向こうは躱してただろうよ」

健作の慰めに対し、桔梗は悲鳴が消えていった方角を見上げたまま応えを返さなかった。

霧蔵が手車の回収を終えて於蝶太夫の下へ向かおうとする背中で、浪人姿の男は最後の一匹に止めを刺し終えた。

「こんなとこでやるから、始末が面倒だったじゃねえか」

浪人姿の男が、霧蔵に苦情を言った。

霧蔵は振り向いて一瞥《いちべつ》したものの、何も口にすることなく顔を戻し、足を進めた。

浪人姿の男が不快そうに唾を吐き捨てたが、霧蔵は全く反応を示さなかった。

ギャアアア……。

骨組みだけの本堂から霧蔵がようやく外へ出たとき、森の一角から禍々《まがまが》しい悲鳴が大きく響き渡った。霧蔵はそちらの方角へ視線を向けたが、太夫のほうへ向から足を止めることはなかった。

この日の深夜に響き渡った、何者が上げたとも知れぬ不気味な喚き声《わめごえ》は土地の人々を震え上がらせ、「人食い寺」の恐ろしさを世に喧伝する新たな挿話《そうわ》を、またひとつ加えることになった。

弐の小組の三人がいる本堂の前に、天蓋率いる小組の四人が姿を現した。

「全く、髪も衣装も埃まみれにされちまいましたよ――で、どうですね」

苦笑交じりで問い掛けてきた於蝶太夫へ、天蓋は頭を下げた。

「すまぬ。取り逃がしてしもうた」

「ケッ」

短く嘲《あざけ》りの声を上げたのは、太夫や霧蔵からは少し離れて、本堂の根太に腰を下ろした浪人姿の男だった。

於蝶太夫はちらりと自分のところの組子を見た後、表情を変えずに視線を天蓋のほうへ戻した。

「まあ、あたしが間違ってなかったってことがはっきりしたんだから、それでよしとしましょうかね」

せっかく段取っておきながら逃げられてしまったことを責めるでもなく、あっさりと言ってきた。むしろ不足があるような顔をしているのは、桔梗や健作のほうだ。

「で、逃げたモノはどんな様子でした？」

「風に乗り、頭上高くを飛んでいったようだ」

太夫と天蓋の問答に、浪人姿の男が口を挟む。

「その程度の相手に逃げられるたぁ、やっぱりヨの小組だ。使い物にゃあ、ならねえな」

「手傷は負わせたのだがの」

天蓋は、淡々と応じた。

「へえ。ならお前さん方にしちゃぁ、上出来なほうかね」

「米地平《べちへい》、いい加減にしないか」

見過ごせなくなった於蝶太夫が、厳しい声で叱った。

米地平と呼ばれた浪人姿の男は、返事をせずに腰を上げ、顔に薄ら笑いを浮かべたままどこかへ歩み去っていった。

太夫が代わりに頭を下げる。

「ご免なさいねえ。あたしの躾《しつけ》が行き届かないもんだから、皆さんに嫌《や》な思いさせちまって」

「いえ、あの人の言うとおりですから」

健作が、皆を代表して返答した。桔梗は黙ったまま唇を嚙んでいる。

天蓋が、気分を変えるように一同へ宣した。

「さて、それでは帰ろうか」

天蓋の言葉に、太夫が「お先にどうぞ」と返答してくる。まだ何かあるのかという顔の僧侶へ、己の意図を説明した。

「こたびの連中が使った葉っぱをそのままにしとくと、後で誰が触れて、どんな厄介ごとが起こるか判りゃしないからね。あたしらで始末をしていきますよ」

「……お任せしてよろしいのか」

天蓋の問いに、微笑で応じてくる。

「もともとあたしらが命じられた仕事ですからね。きちんと後片付け《あとかたづ》けをするところまで、あたしらの勤めですよ」

米地平という浪人姿の男が手伝うかはともかく、霧蔵は最後まで太夫と一緒だろう。

ならば、と口にして、天蓋は自分のところの組子たちを見渡す。

促された三人は、森のほうへ足を向けた天蓋に続いた。桔梗と健作の二人は、自分らの失敗りにさすがに意気消沈《いきしょうちん》しているようだ。

最後になった一亮が、ぺこりとお辞儀《じぎ》をして皆の後に従う。

於蝶太夫は、ニッコリ笑って手を振ってくれた。

第四章　暗雲

一

深夜のあの堂宇。評議の座の会合が開かれている。

「芽吹いたモノを取り逃がしたと？」

こたび、本所小梅村で行われた芽を摘む業の結果が報告されたのに対し、疑問の声が上がった。

「残念ながら、確かなことのようじゃ——弐の小組の小頭が察知しただけではなく、天蓋の小組がやり合《お》うているということじゃからの」

「弐の小組の力をもってしても、全て摘み取るには至らなんだのか……」

誰かが、茫然と呟いた。壱の小組と弐の小組は、天蓋の小組とは違って討魔の主戦力であり、失敗することなど誰も想定はしていなかったのだ。

「人のやることにござります。たとえ弐の小組であれ、『常時全てを完璧にやりこなせ』というのは、無理がありましょう」

於蝶太夫らの肩を持ったのは、知音であった。

「しかし、弐の小組じゃぞ」

「弐の小組が出たからこそ、ほとんどは摘めたのです。それを多とするべきではありませぬか」

他の誰ならできたのか、という反問でもある。同等の力量だと皆が考えてきたからには、「壱の小組であれば」などと言い出す者もおらず、疑義を呈した僧は口を閉ざした。

しかし、新たな声が別なところから上がる。樊恵であった。

「その点を論ずる前に、ひとつ質《ただ》すべきことがあろう」

一座を取りまとめる万象が、「それは何か」と問うた。

「は。まず質されるべきは、なぜに弐の小組が芽を摘む場に天蓋の小組までがおったのか、ということにござります。

確かにこれまでも、天蓋の小組が芽吹きの場に立ち会うことはござりましたが、それはいずれも、『芽吹く疑い無きにしもあらず』という場所でありました。またそうである限りは、評議の座のうち誰か一人の判断のみで出すことがあったのも、またやむを得なかったことやもしれませぬ。

しかし、こたびは違う。耳目衆が『芽吹きの疑い濃し』と断じた場へ、我ら評議の座全員の合意の下に、弐の小組は出されておる――我らが出すと決めたのは、弐の小組のみですぞ。天蓋の小組を出すなどという話は、合意するどころか、この場に持ち出されてすらいなかったはず。にもかかわらず、天蓋の小組は、なぜにこたび芽を摘む場におったのか。明らかに、決まりごとを無視した専《せん》横《おう》なる振る舞いがあったからではないのか」

場が、シンと静まった。さほどに、強烈な弾劾《だんがい》であった。

返答は一方から、静かな口調でなされた。知音の声であった。

「こたび、天蓋の小組を出したのは愚僧にございます」

「またそなたか」

樊恵の声は激してはいない。言われる前からそんなことであろうと考えていたからだが、見越していた上での追及なだけに、厳しい問責がなされるだろうと予測された。

知音は静かに返す。

「天蓋の小組を出したは、近くで他に芽吹きが疑われる場所があったため。そちらへ向かわせたところ、偶々弐の小組が芽を摘む場に出くわしたということにござりましょう」

「ほう。他にも芽吹きの気配があったと申すか。で、そちらはどうなった。まさか、弐の小組による芽を摘む業に気を取られて、忘れてしまったなどとは申すまいな」

「こたび天蓋の小組を差し向けたほうの疑いは、誤りだったようにございます——あるいは、弐の小組が芽を摘む場ひとつだけだったものを、別々のふたつと取り違えたのやもしれませぬ」

知音の弁解を、樊恵は「笑止！」と嘲笑《あざわら》った。

「知音、言い逃れにしても稚拙《ちせつ》に過ぎるぞ。誰がそのような戯言《たわごと》を信じるものか——もし、己の言うことが真実だと言い張るなら、そなたの申す『疑い』なるものを誰が報せて参ったのか、ここで明らかにしてもらおうではないか。

疑いをそなたに報せたなれば、それは耳目衆の一員であろう。さあ、誰じゃ。皆の前で名を告げてもらおうではないか」

問い詰められた知音だったが、応える声は落ち着いていた。

「その前に、ひとつお訊きしたいことがあります」

「この期《ご》に及んで、そなたはまだ誤魔化さんとするか！」

樊恵は一喝《いっかつ》したが、知音の声音《こわね》は変わらない。

「どうお受け取りになられても結構。結果の処分も甘んじて受け入れましょう。なれど、この問いには是非にもお答えいただきたい」

ここで、万象が「どのような問いか」と口を出す。

俗に「嘘《うそ》も方便《ほうべん》」と言うが、この方便とは本来仏教用語で、衆生を教導するための技巧を言う。その技巧の中には、一般社会であれば嘘や誤魔化しだと受け取られても仕方がないようなやり方まで含まれることから来た言葉だ。

臨済宗《りんざいしゅう》で行われる禅問答《ぜんもんどう》などでは特に顕著《けんちょ》なのだが、目に見える物、一見して正しい道理をそのまま受け取らずに洞察を深化させ、真理を究《きわ》めるといった考え方が仏教にはある。そうした経験を積み重ねた者らは、虚妄《きょもう》や詐言《さげん》について、一種独特な価値観を持っていると言えるのかもしれない。

知音は万象に対し一揖《いちゆう》し、己の問いを口にした。

「もしこたび弐の小組が芽を摘む場に、天蓋の小組も立ち会っていなければ、果たしてどうなっておりましたでしょうか」

　樊恵が、つまらなさそうに答える。

「どうなっていたかと申しても、結果は何も変わってはおらなんだろうが――弐の小組は誰の助けも借りずに独力で芽を摘んでおり、逃げたといわれるモノは、天蓋の小組がおったにもかかわらずそのまま逃げておるのだしな」

「見た目で申せばその通りなのでしょうが、果たしてそれが実相か」

「……何が言いたい」

「まず、弐の小組が己らだけで芽を摘んだと言われたが、果たして天蓋の小組が控えておらずとも、於蝶太夫らは後顧《こうこ》の憂いなく全力をもって闘えましたろうか」

「馬鹿な。天蓋の小組などおってもおらなくても、弐の小組は歯牙《しが》にも掛けておらなんだろうが」

「天蓋の小組に控えておってもらえるよう、弐の小組の小頭が望んでおったとしてもですか」

「そんなことのあるはずが――」

「お疑いなれば、於蝶太夫を直接ここへ呼んで、お訊きになればよい」

こう断言されて、樊恵はしばし沈黙した。が、追及を諦めたわけではない。

「……たとえそなたの申すことが真実であったとしても、罪を免れるものではないぞ。天蓋の小組を控えさせておきたいならば、我らに申し出て全員の同意を得るべきであろうが。それが、評議の座の決まりであり、犯すべからざる不文律《ふぶんりつ》ぞ」

「おっしゃることは確かに道理でございます。ゆえに、罰を受けよと皆様が仰せであれば、従うと申しておりまする——が、もし罪を得たとしても、こたびの行いが誤りだったとは、愚僧は今でも思ってはおりませぬ」

「傲慢《ごうまん》な」

「当然のご批判。しかし、もしあらかじめ愚僧が『天蓋の小組を出すべき』と申し上げておっても、まず取り上げられることはなかったと断言できましょう。それは、本日結果の報告を聞いた皆様が、『弐の小組を出しておりながら完遂《かんすい》できぬことなどあり得ぬ』と口にされた、そのお言葉自体が証明しておりまする」

知音の論証に、心当たりのある皆は一瞬、たじろぎを覚えた。知音はさらに続ける。

「樊恵様は、『逃げたといわれるモノは、天蓋の小組がおったにもかかわらずそのまま逃げておる』とも仰せになったが、そのお言葉は正確ではござりませぬ」

指摘された樊恵はわずかに気色《けしき》ばむ様子を見せる。

「どう違うと申すか」

「天蓋の小組は、芽を摘むところまでは至りませなんだが、逃げてゆくモノに浅くはない手傷を負わせておりまする」

「だから何だと言うのじゃ。逃げられたことに変わりはなかろうが」

「手傷を負わされたがゆえに、逃げたるモノは韜晦《とうかい》する余裕もなく、真っ直ぐ己の住処《すみか》へと向かったものと思われまする。しかも、行く先はそう遠くない」

「なぜそう言い切れる」

「水戸街道新宿では一年の長きに亘《わた》り、本所小梅村でもひと月かけて様々な神隠しを行っておるからには、住処がこの両所からずっと遠いところにあるとは思えませぬ。傷が浅くはないと申したは、叫び声を上げた後の逃げ足が急に早まったため。さほどに痛手を受けた、ということでござりましょうから。加えて、いかに芽吹いたモノとはいえ、風に乗り飛翔するなどということを、そうそう長くできるとも思い難い――以上が、愚僧の考えの根拠にござります。

それはともかく、今重要なのは、天蓋の小組が上げた成果により、逃げたるモノの行方を我らが追うための手掛かりが得られたということ。まだ絞りきれてはおりませぬゆえ、いつまで掛かるかお約束まではできかねますが、すでに耳目衆を向かわせ、隠《かく》れ家《が》を捜させておる最中にございます」

一座からは、おおっという感嘆の声が上がった。が、樊恵は容易に認めようとはしない。

「フン。知音、もしそなたの振る舞いを寛恕するとしても、それは実際に逃げたモノの所在を突き止めてからのことであろうが」

「真に樊恵様のおっしゃるとおりにござります――なれど我らには、より憂うべき問題が目の前に突きつけられておりましょう」

再び、万象が口を挟んだ。

「知音、そなたの申す、より憂うべきこととは」

「はい。それは、芽吹いたるモノの振る舞いの変化にござります」

万象は、困惑の声を上げる。

「確かにこのごろの芽吹きにおいては、集団で顕れるモノが増え、自力で仲間を増やそうとする動きまで生ずるなど、これまでとは違った様相を呈しつつあるようだが、それは知音、そなたが先日すでに指摘しておったことではないか」

なぜに再び強調を、という問いである。知音は、ゆっくりと首を振った。

「いえ。二つの小組が立ち会った、前回の水戸街道新宿における芽吹きと、このたびの本所小梅村における芽吹きを考え合わせれば、これまでとは全く違った状況が生じていることが明らかだと申し上げております」

樊恵は、「何を大袈裟な」と吐き捨てる。

樊恵に直接応えることなく、知音は皆に向かって言った。

「我らには、これまでとは違った覚悟が求められるようになったと申し上げております る」

樊恵は、知音の発言に嚙みついた。

「そなた、評議の座にある我らの覚悟が足らぬと申すか。さほどに、そなた一人が偉いつもりか」

「さような思い上がりをしているつもりは毛頭ございませぬ。愚僧はただ、『我らは芽吹きに対し、心構えを改めねばならぬときにきておる』と、申し上げているのです」

再び口を開きかけた樊恵を「待て」と押し留め、万象が言った。

「ともかく知音の話を聞こうか。誤りあるなれば、それから指摘すればよい」

知音は万象に感謝の意を示し、皆を見回して話し始めた。

「まずは水戸街道新宿において、万象様のご手配により向かった弐の小組が芽を摘む業を行いましたが、ここで弐の組の小頭は、全てを摘むことができずに一匹逃したことを知覚しました。

こたび、本所小梅村での芽を摘む業では、天蓋の小組もその場に立ち会ったことにより逃げたるモノがおったことが確実となりましたけれど、まず間違いなく、両方の場において逃げたるモノは同一と考えられましょう」

「なぜ、そのようなことが言える」

樊恵が疑問を差し挟む。

「弐の小組の討魔の業より逃げられるようなモノが、そう何匹もおりましょうか？　両方の場から逃げたモノの気配は同じく思えたという、弐の小組の小頭よりの証言もございまする。

加えて、さほど離れておらぬ場所で起こった芽吹きが、ともに神隠しという同じ様相を呈し、いずれも結界を張って立ち向かってきておりますれば、違った鬼だと考えるほうが難しゅうございましょう」

知音の言葉に、樊恵は沈黙する。見回したが、さらに発言する者はない。

了承を得られたものとして、知音は先を続けた。

「すなわち、二箇所における芽吹きは、同じモノの仲間によるものと考えられることになります——重要なのは、その両者における違い」

「確かに、水戸街道新宿のときとは違って、本所小梅村では芽吹きたるモノが皆、得物を使っておったようじゃが」

誰かが呟いたのへ、知音は頷いた。

「それればかりではございませぬ。本所小梅村では、芽吹きたるモノらは於蝶太夫と霧蔵を引き離して別個に闘わせておりますが、これは水戸街道新宿で天蓋の小組の桔梗と健作が連携して向かってきたことへの対応とも思われます。さらに水戸街道新宿において、一撃で己らの仲間を斃した霧蔵に対しては、その得物が使いづらい場に引き込んでの闘いに持ち込んでおりまする」

「……芽吹きたるモノが、闘い方を学んでおると申すか」

宝珠が呟きのような疑義を表したのへ、樊恵も賛同した。

「馬鹿な。いくら何でも考え過ぎだ」

しかし知音は、二人の発言に代表されるような、現状に安住したい皆の心持ちをバッサリと切り捨てる。

「そうでしょうか。よくお考えいただきたい――本所小梅村における神隠しは、水戸街道新宿における芽を摘む業の、すぐ後から始まっております。しかも、水戸街道新宿では一年も前から、なるべく目立たぬようにこっそりとやっておった神隠しを、こたびは一月も経たぬうちに立て続けに起こしておる。水戸街道新宿と本所小梅村なれば、そう離れた場所でもないゆえ、注視する者がおれば容易に気づくはずとなぜ思わなんだのか……。

本所小梅村のほうは、まるで、耳目衆に己らの存在を見つけさせるため、あえてやったようには見えませぬか」

「ただ、辛抱が利かなくなっただけやもしれぬ」

今度の樊恵の抗弁を、知音は頭から否定はしなかった。

「あるいはそうかもしれませぬ。しかし、『やもしれぬ』で放置しておいてよいことだと思われますか？

弐の小組の小頭が、天蓋の小組に後衛《こうえい》を任せることを望んだは、まるで自分らが誘《おび》き寄せられているかのような危惧を覚えたからに他なりませぬぞ。水戸街道新宿においてただ一人、逃げたモノの存在を察知したほどの弐の組の小頭が、打ち捨てておけなかったほどの危惧にござります。我らとしても、徒《あだ》や疎《おろそ》かにはできますまい。

そして実際の闘いにおいて、我らが全幅の信を置く弐の小組ですら、あわやというほどの苦戦を強《し》いられたという、歴然たる事実がござります。それでも、皆様はまだ愚僧の考え過ぎだと仰せでしょうか」

一同から、反論はない。

知音は静かに話し始め、最後には強い口調で自身の見解を表明した。

「窮鼠《きゅうそ》猫を咬《か》むの喩《たと》えどおり、最後には……

「窮鼠《きゅうそ》猫を咬《か》むの喩《たと》えどおり、猟師に狩られる獣でも反撃に出ることはござりますし、同様のことは芽を摘む場でもたびたび起こって参りました。しかし、こたびは違います。芽吹きたるモノが備えをなした上で、我らをはっきり敵と定めて挑《いど》んで参ったのです。すなわちこれより我らは、常に狩る側の立場で在り続けられるわけではなく、ときによっては狩られる側ともなり得る――以後の芽を摘む業において、その心構えをしかと持っておらねば、やがて我らは潰《つい》えこの世の終わりが訪れようと、愚僧は今、己自身に強く言い聞かせておるところにござりますれば」

知音は口を閉ざしたが、少なからぬ者がいるはずの堂宇の中は、今や寂《せき》として声もなかった。

二

御番所の勤めを終えて帰宅した小磯を玄関で出迎えた老妻の絹江は、夫が腰から抜いた大小を着物の袂で受け取る前に告げてきた。

「旦那様。勇吉さんが先ほどみえて、待っておられますよ」

勇吉は、向島の岡っ引きだ。前回とは違って小磯の非番を確認することなくやってきたとなれば、まずは急用だろう。

しかし、見知らぬ仲ではないとはいえ、手札を頂戴している定町廻りの村田を奉行所に訪ねたのではなく、わざわざ小磯の自宅へ来たには、何か特別な事情があるはずだった。思い当たるのは、向島で立て続けに三件起こった不審死か、これとの関わりを疑って勇吉が報せてきた、水戸街道新宿の若者三人殺ししかない。

小磯の顔が、家に帰着した夫の顔から老練な同心のそれへと一瞬で変化した。しかし、妻に話し掛ける口ぶりは、いつもの穏やかな調子のままだ。

「ほう。で、座敷で待ってるのかい」

「いえ、それが。再三上がれと勧めたんですが、どう言っても遠慮なさってお庭に」

「ったく、度《ど》し難《がて》えほど律儀《りちぎ》な野郎だ」

小磯は苦笑しながら、上がり框《がまち》に腰を下ろす。そこへ下女が、足濯《あしすす》ぎの水を盥《たらい》に入れて持ってきた。

小磯は紺足袋《こんたび》を脱いで下女に渡すと、下女や妻の手を煩《わずら》わさず自分で足を洗った。足袋を履《は》いていたから汗をかいている以外はほとんど汚れておらず、簡単に済ませる。

お役に出る日の廻り方同心は、足袋を一回履くと、その日限りで使い捨てた。道に舗装《ほそう》などあるはずのないこの時代、江戸市中を巡回すれば、足袋は一日で泥と埃まみれになった。

白足袋なら洗えばそれなりに綺麗《きれい》になるものの、紺足袋は一回水に通すとどうしても色が褪《あ》せてしまうから、新品との違いは一目で見分けられる。にもかかわらず町方同心は紺足袋を履き、しかも常時下ろしたてを身につけていることを周囲に示して、粋《いき》としているのだ。

小磯は内心、無駄な習わしだと思っているのだが、洗い晒しを履いて世間から笑い物にされることは町奉行所の威信に疵《きず》をつけることだから、文句を言うことなく長年この不毛な慣習に従ってきたのだった。

ちなみに、洗えばまだ十分使える紺足袋がその後どうなるのか、小磯は知らない。鷹揚《おうよう》な妻のことだから、おそらくはまとまったところで払い下げさせて、一人ずつ雇い入れている下男と下女の小遣いの足しにさせているのだろう。

「すぐに着替えて、勇吉に会う」

下女から渡された手拭で足を拭いた後、奥に向かいながら妻へそう言いつけた。

「また、勇吉さんの分も御膳を用意しますが、よろしいですか」

「ああ、そうしてくれ――ただし、話によっちゃあ、そのまま外に出ることになるかもしれねえから、含んどいてくれ」

万事承知している絹江は、「はい」と短く応じつつ、亭主の背に続いた。

妻の手伝いで手早く着替えた小磯は、すぐに庭に面する座敷へ足を運んだ。

縁側に腰掛けていた勇吉はさっと立ち上がり、老同心へ一礼する。

「こんな刻限にばかりお邪魔して、申し訳ありやせん」

「んなこた、どうだっていいやな。お前さんだって、そうする要があると思ったからやってんだろう。なら、気にするこたぁねえ──で、何があった？」

小磯は縁側近くまで行って座り込み、手振りで「掛けろ」と示しながら言った。

「へえ。実は、本所側の小梅村で殺しがありやして──今度ぁ、五人だそうで」

小磯の表情が引き締まった。

勇吉の縄張りはあくまでも源森川の北、向島側であるから、殺しがあった場所には出向いていないはずだ。そのため、伝聞《でんぶん》の形での口上になったのだろう。

「村田は？」

川向こう全体を持ち場とする定町廻り同心の村田直作は、当然出張ったのだろうな、という問いである。この月は、小磯や村田が所属する南町が月番《つきばん》（南北両町奉行所が一月交代で新規案件を受け付ける、その当番月）だったから、殺しがあれば当然、南町の定町廻りである村田の出番となる。

ただ、五人もの殺しに定町廻りが出張るような騒ぎが起きれば奉行所の中も騒然としていて当然なのに、小磯が戻ったときにそんな気配が全く感じられなかったのは不思議だった。

「いえ。小梅村と申し上げやしたが、実際にゃあ小梅村の中にある、寺でのこってして」

ならば、受け持つのは寺社奉行所だ。町方は寺社方から依頼でも受けない限り、手を出すことはできなかった。そしてこれほどの重大事案、手をつけかねて町方に丸投げしたなどということになれば、寺社奉行の面目《めんぼく》は丸潰れとなる。ましてや寺社方は前年の暮れ、白鬚明神社《しらひげみょうじんしゃ》で起こった二人の不審死を故障と決めつけ、後に同様の人死にが発生するまで看過《かんか》していた。お上から怠慢《たいまん》を疑われかねない今の状況を何とか挽回するためにも、寺社奉行所は己らの手で一件を解決せんと、躍起《やっき》になっているはずだ。

「なら、村田は動けねえな――で、なんでおいらにその話を？　また額に小石をぶつけられた穴でも開いてたかい」

勇吉は「いえ」と首を振ると、真剣な眼差しを向けてきた。

「どうも、つい先日お話しした葛飾郡新宿のほうの殺しと関わりがありそうなんで」

「ほう、詳しく聞かせてもらおうかい」

そこへ、絹江が茶を運んできた。小磯に普段使いの湯呑を渡し、勇吉の茶も新たな物へと差し替える。絹江は無駄口を叩いて仕事の話の邪魔をするようなまねはせず、すぐに去っていった。

絹江が座敷にいるうちはいったん口を閉ざした勇吉が、ようやく小磯に視線を戻して問いに答えた。

「へえ、殺しがあったのは昨日の夜が明ける前、おそらくは真夜中のこっちゃねえかと言われてます。場所は、遠州横須賀の西尾《にしお》様の下屋敷から二町（二百メートル強）ほど南東《たつみ》へ行った辺りに一軒だけぽつんと建つ寺で。

そこは、三月ばかり前に火事を出しやして、建て直しをしてる途中でした。その寺の普請場に、若い者ばかり五人、死人になって転がってたそうで」

小磯は、手にした湯呑から茶を啜った。

自分に供された茶に手もつけず、勇吉が続ける。

「話が相前後《あいぜんご》しちまいますが、まずはこたびの殺しが見つかる前のとっからお話をしやす――火事で建て直しをしてる最中だと申し上げやしたが、実は、普請は途中で止まってまして。てえのも、普請場で仕事してた大工《でえく》や鳶なんぞが、不意にいなくなるってことが立て続いたそうでして」

聞いている小磯の目に鋭さが増す。水戸街道新宿でも、三人の若者の死骸が見つかる前に、旅人が何人か消えたという噂が立っていた。

「そいつぁ、いつごろからの話だい」

「いろいろと段取りして普請が始まったのが三月に入ってから、最初に大工が一人消えたのは、同じ月の二十日のことだったそうで」

——今からひと月近く前。水戸街道新宿で三人の死骸が見つかったときからは、ちょいと後だな。

小磯がそんなことを考えている間も、勇吉の話は続く。

「大工が二人に、鳶が一人。さらにゃあ、『どっかおかしい』とみんなが騒ぎ始めたのを一喝した棟梁《おやかた》まで、不意にいなくなっちまいやした。困ったのは寺の住職ですが、その住職も仮で建ててもらった納所で寝泊まりしてたはずが、一夜明けるとどこにも見えねえってことになりまして。

こんなことになっちまったら、もう寺の建て直しどころの騒ぎじゃありやせん。大工どもが寄りつかなくなっただけじゃあなくって、寺の小僧や墓掘りなんぞまでみんな逃げ出したって話です。今じゃもう、無住んなったまま、放ったらかしになってるそうでさあ」

「……消えたのは、都合五人か」

「それが、そうとも言い切れねえんで――こんな突拍子もない話ゃあ、すぐに噂んなって広がりやす。面白半分で話のネタにする分にはいいですけど、中にゃあ『どんなとこだか行ってみようぜ』とか『俺が神隠しの正体を暴いてやる』とか言い出す野郎が必ず出るもんで。

そんな、怖い物見たさとか豪傑気取りのオッチョコチョイの中にも、何人かいなくなった者がいるって噂も出ておりやす。さすがにこのごらぁ、上《うわ》っ調子《ちようし》で無分別な連中も二の足を踏んでるようで、寄りつく者は誰もいなくなったってこってすがね」

「一昨日の夜中のことだってえ話だけど、そんな場所に転がってた死骸が、すぐに見っけてもらえたのかい」

「ええ。それがどうも、夜中にもの凄い叫び声が寺のほうから聞こえてきたってこって。次の日陽が昇ってから、近所の連中が恐る恐る見にいって、とんでもねえ物を見つけて腰を抜かすことんなったって次第で」

「なるほど、だから、殺しがあったのもそのころだろうって話になったわけだ」

「へえ。みんなもう寝床に入って白河夜船《しらかわよふね》って刻限ですから、人によって言うことに大分《でえぶ》バラつきはありやすが、おおよそ丑《うし》の刻《こく》（午前二時ごろ）前後ってとこらしいでさぁ。

ただ、ちょいと妙なのが、その叫び声を聞いたっていう者はみんな、『間違いなく女の声だった』って話してるようなんで——まあ、野郎にだって女みてえに甲高《かんだけ》え声してるのはいますけど」

「死骸で見っかったのは、全部男だったんだな」

「へえ。みんな二十二、三ぐれえの男だそうで——寺社方《おじしゃ》だって着てる物脱がして体を検《あらた》めるぐれえのことはするでしょうから、男の格好してる女が混じってたなんてことはねえでしょう」

小磯の口調が鋭くなる。

「するってえと、死人の身元は、やっぱり一人も判らねえのかい」

「ええ、あっしが聞いてるとこではまだ」

「やっぱり消えた大工や鳶なんぞじゃねえわけだ」

「棟梁や住職は歳からして違ってますが、行方知れずになった弟子の大工や鳶なんぞとも別人のようです。今は、わざわざ見物に出向いて消えたって噂がある野郎を探して、その男かどうか確かめようとしてるとこみてえですが」

水戸街道新宿の三遺体は、小磯が言付けた市松《いちまつ》（奉公していた際、一亮につけられた名）の人相書きとは全く違っていたと、勇吉からは報されていた。その時点では三人の身元はいまだ不明だということだったが、今言及しないところみると、状況は変わっていないようだ。

もし、こたび凶行に及んだ者が水戸街道新宿の下手人と同一人物ならば、まず、遺体で見つかった五人は、のこのこ出掛けていった野次馬などではないだろうと小磯は思った。

「肝心の、五人の死人の傷は」

この問いに、勇吉も表情を厳しくした。

「やっぱり、全員が刀で止めを刺されてるそうで。死人は、建てかけの本堂の前庭に三人で、柱がおっ立ってるだけの本堂の中に二人。本堂の中で死んだ二人のうちの一人にゃあ、胸を強く殴られたような痣《あざ》ができてたってこって」

新宿の死人三人のうちの二人には、頭に何か硬い物で殴られたような痕があったという話だった。

「こたび、そんな痣や頭の凹《へこ》みなんぞがあったなぁ、五人のうちの一人だけかい」

こたびのご注進は自分の早とちりだったかと疑いを持ちながら、勇吉は頷く。

「へえ、そう聞いておりやす。本堂ん中のもう一人には、首に細い紐みてえな物で締めた痕が残ってたって話です。それから、本堂の前で死んでたほうはもっと奇妙でして。三人のうちの二人は、何かに酷く気触《かぶ》れたか、大火傷《おおやけど》を負ったような姿だったそうで」

「その寺の境内に火の気は？」

「無住の寺ですから、このごろは全く。建物に焦げ跡一つなかったばかりじゃなくって、提灯《ちょうちん》の燃え滓《かす》も残っちゃいなかったそうです。それどころか……」

言い淀《よど》んだ勇吉に目を向けると、踏ん切ったように先を続けた。

「こいつを聞いたときにゃあ、あっしも眉に唾したんですけど、顔や体はふた目と見られねえぐれえに爛《ただ》れてんのに、着てる物にゃ、焦げたような跡ひとつ付いちゃいなかったそうで」

小磯は「ふーん」と鼻を鳴らして前傾していた体を起こす。勇吉は、自分の話を与太《よた》だと受け取られたのではないかと案じ、老同心の顔を窺った。

小磯が、勇吉を真正面から見据える。

「で、お前さんの縄張りの外で、なおかつ旦那の村田も手を出せねえ事件《ヤマ》のことを、お前さんなんでそんなに詳しく知ってる？」

「へい。北町の旦那から手札を頂いてる野郎なんですが、あっしたぁ修業時代におんなし親分の下で駆けずり回ってた御用聞きがおりやす。巳之吉《みのきち》ってんですけど、本所中《なか》ノ郷《ごう》界隈が縄張りでして、こたびの一件にゃあ、並々ならねえ関心を持っておりやすんで」

中ノ郷横川町《よこかわちょう》は、大横川を間に挟んで西尾家下屋敷や小梅村と面している。そんな近場で五人もの殺しが起きたとなれば、ところの岡っ引きが関心を持つのは当然だろう。一件の起こった寺に手出しはできなくとも、中で死んでいた者は己が取り仕切る町の住人かもしれないのだ。

そういった理由で地道に調べているところへ、噂を聞きつけた旧知の勇吉が問い合わせてきたということなのだと思われた。巳之吉にしても寺社方の調べに直接首は突っ込めないから、騒ぎが起こったばかりであっても訪ねてきた勇吉の相手ができたのだろう。

「まあ、それなら判らねえでもねえが、それにしてもずいぶんと詳しいねえ——その巳之吉って男か旦那の同心のどっちかが、寺社方とつながってんのかね」

「……詳しくは存じませんが、巳之吉の旦那の横尾《よこお》様ってお方に、北町のお奉行様を通じて寺社方から内々にご依頼があったそうで」

小磯は「そうかい」とのみ述べてあっさりと疑義の追及を打ち切った。

前述したように、こたび寺社奉行所は何としても自分の手で騒ぎを解決しなければならないが、偶々死人の見つかった場所が寺社地だったというだけであって、殺したほうも殺されたほうも町人、最初に曰《いわ》く因縁《いんねん》が生じた場所も町人地だということが大いにあり得た。もしそうだとすると、自分らだけではどうしても探索の手の足らぬところが出てくることになる。

町奉行所の与力同心が、奉行の異動とは関わりなく原則ずっと町方役人であり続けるのとは違い、寺社奉行所の下僚《かりよう》は全員が大名の家来であって、殿様が奉行を仰せつかっている間だけ奉行所の役人になる人々だった。人殺しの探索など、そうそう経験がある者はいない。

藩邸内にいる探索の達者は目付職になろうが、目付は藩内限定、かつ武家社会のことしか取り扱うことはなかった。かといって国許から町奉行所に勤める者を呼んできたとしても、今度は江戸の町の地理も風俗習慣も判らなければ知己《ちき》もいない。こたびの探索に必要な能力をきちんと備えている家来など、どこを探したってまず居るものではないのだ。

奉行としての体面を守りつつ成果を上げるために、寺社奉行である大名は、北町奉行の大草安房守《おおくさあわのかみ》に泣きついたのだと思われた。

いずれにせよこたびは、寺社方が自分たちのほうから申し入れた要請であり、相手の十分な協力を得るためには、自分らのとるべき態度としても得られる成果の期待値を高めるためにも、当然、自分たちで調べたことは巨細《こさい》漏らさず提供しなければならない。こうして北町の同心横尾とその手先の巳之吉は、自分らが殺しの現場に立ち会ったのと同じほど詳しい事情を知ることができたのだろう。

なお、寺社奉行は月番である南町に相談しそうにも思えるが、こたびは「寺社奉行である自分を立て」て、なおかつ「内々に」協力してもらう必要がある。ありていにいえば、相手に苦労だけさせて手柄は頂戴したいのだ。

こうした無理が言えるのは血縁などで己に近い相手となるから、北町奉行のほうが選ばれたのだと思われた。

あるいは、関連していると思われる白鬚明神社と百花園それぞれの人死にで、寺社奉行所と北町奉行所はともに味噌《みそ》をつけたばかりであり、「連携して解決する」という関係が両者の間ですでにできあがっているということも考えられた。

などといった諸々の状況を一瞬で推量できたがゆえに、小磯は、武家の上《うえ》つ方《かた》のしがらみなどとは関わりを持たない勇吉への追及を、やめたのである。

「ところでお前さん、晩飯は食ってってくれんだろうな」

遠慮しいの勇吉に向かって、小磯はさも当然のことだとばかりに言葉を発した。

三

見物人がやってくる前の早朝の奥山は、日中の猥雑《わいざつ》な賑やかさとはまた違った顔を見せる。ここで日々の稼ぎを得る人々の、生活の場としての側面が強く表れるのだ。顔を洗い、厠《かわや》へ行き、皆と軽口を叩き合う姿だけを見れば、一亮が瀬戸物屋へ奉公に出る前の裏長屋と何ら変わらぬ光景が広がっている。

掃除と食事を終えた一亮が、また健作の住まい兼仕事場へと向かうころには、見世物小屋や屋台見世の人々が今日の商売の支度をするため、すでに忙しく立ち働いていた。

「一亮ちゃん」

背中から掛けられた声に振り返ると、於蝶太夫が相変わらずの笑顔で近づいてきた。

「太夫さん、お早うございます」

「はい、お早う——一亮ちゃんは、これから何かご用？」

「また、健作さんの仕事を見せてもらおうとしてました——今日、太夫はまだ舞台の支度をしなくていいんですか？」

「今日はお休み。そうそう毎日じゃ草臥《くたび》れちまいますからね——これはあたしだけじゃなくって、演し物に使う道具もってことよ」

内緒《ないしょ》の話を打ち明けるように、そっと告げてくる。

確かに今日は明け方から降ったりやんだりで、梅雨《つゆ》の走りがやってきたようだ。連日の好天の後でもあるし、これでは客の入りがあまり期待できそうになかったから思い切って閉めて、小屋や道具類の手直しと演者の休養とに充《あ》てることとしたのだろう。

「じゃあ、道具の手入れを頼みに健作さんのところへ？」

健作の小屋があるほうで出会ったことからの問い掛けだった。本当は、「健作を舞台に出させようとまた誘うつもりか」と尋ねたいのだが、何とはなしに気後れがして正直に訊けなかった。

が、於蝶太夫は思いも掛けぬことを言ってきた。

「今日は、一亮ちゃんに用があってきたの」

「え。吾に、ですか？」

「そうよ。健作さんのとこへいくつもりだったのなら、ちょっと付き合ってもらえるわよね」

「……それは別に構いませんが、吾なんかに何のご用でしょうか」

「そんなに警戒しないでちょうだいな。別に取って食ったりなんかはしないから」

太夫はおかしそうにコロコロと笑う。

「そんなこと、思ってません」

赤くなった一亮の胸を、太夫は「冗談よ」と軽く突《つっ》いた。そのまま肩に手を置いて、一亮の向きを変える。

歩き出した太夫に従うと、二人並んで見世物小屋や屋台見世が建ち並ぶ通りを歩く格好になった。

「で、吾にご用とは」

「固いわねえ。そんなに嫌わなくったっていいじゃない」

一亮はすぐに反応する。

「そんな。嫌ってなんていません」

「あら。なら、あたしのことどう思ってるの？」

悪戯っぽい言い方だが、一亮にそれと判断する余裕はない。

「凄い人だと。吾だけじゃなくって健作さんも、そう言ってました」

自分の話を補強するため、気づけば健作のことまで持ち出していた。

一亮にとってはまた思い掛けないことに、太夫は溜息混じりに応じてくる。

「みんな、そういう言い方になっちゃうのよねえ。あたしだって、ただの女なんだけど」

「……そんなつもりじゃなかったんですが、もし気に障ることを言ったのなら、すみませんでした」

一亮の隣で、於蝶太夫は驚いたような反応を見せる。

「あら、謝ることなんてないわよ。一亮ちゃんは、間違ったことなんてひとつも言ってないんだから」

「ですが……」

「一亮ちゃんは、いい子ね」

なぜか、しんみりとした言い方に聞こえた。

太夫の声は、心に沁《し》みた。だからこそ、嘘をついたり誤魔化したりはしたくなかった。

「いえ。吾はいい子ではありません」

今までにない強い断言に太夫は目を見開いたが、それも一瞬で、口元にはすぐに笑みが戻った。

「そっか」

奉公先で一人だけ生き残ったこと。芽吹いたと言われる人々が殺されるのを、止めもせず見過ごしてきたこと。手を下した者らの、仲間に加わっていること。そして、直接ではなくとも、手を下す行為に自ら進んで荷担《かたん》していること……。

心の底に沈む淀《よど》みについて、詳しいことは何も口にしていない。でも太夫はみんな判っていて、たったひと言で温かく包み込んでくれたような気がした。

一亮ちゃん、と優しく名を呼ばれて、太夫の顔を見た。

「今日付き合ってもらったのはね、一亮ちゃんにお礼がしたかったからなの」

「吾に、お礼ですか」

太夫からそんなことをしてもらうような心当たりは、ひとつもなかった。

疑問が、声に表れていたのだろう。太夫は、笑みを含みながら詳しく伝えてくれた。

「だって、一亮ちゃんが気づいてくれたから、あたしの言ってることが嘘じゃなかったって、みんな認めてくれたんだもの」

芽を摘む場で一匹逃げたモノがいるということに、太夫だけが気づいていた件だろう。二度目だった本所小梅村で一亮が察知していなければ、確かなところは今も不明であったはずだ。

「でも、あれが吾のやらなきゃならないことでしたから。それに、確かめられたのは吾だけの力でできたことじゃありませんし――！」

口を閉じた一亮は、思わず身を固くしてまた顔を赤らめた。

於蝶太夫が、背中から手を回してギュッと抱きしめてきたからだった。

「そういう一亮ちゃんの控えめなとこ、あたし好きよ」

「太夫、さん……」

やめてください、と言いたいのだが、喉に絡んで声が出ない。

小屋や見世の支度をしている者の何人かがちらりと横目で見てきたものの、無論のこと誰も本気の色恋沙汰《いろこいざた》だとは思っていない。一亮はといえば、当人にとっては幸いだったのだろうが、周囲の目を気にする余裕は全くなかった。

太夫は、すぐに解放してくれた。

「で、お礼。何がいい？」

息つく暇なく問い掛けられても、思い浮かぶ物などあるわけがない。

――今のが、お礼だったということで。

考えなしにそう言いそうになって、慌てて口を噤んだ。そんなことを言ったら、また同じことをされてしまいそうに思えたからだ。

「特には」

このひと言はすぐに却下《きやっか》される。

「駄目よ。あたしは、言い出したら聞かないんだからね。さあ、何がいいか、はっきりお決めなさい」

途方に暮れて、目が泳ぐ――と、宙を彷徨《さまよ》った視線の先に、一軒のみすぼらしい屋台見世が映った。

「あそこ、行ってみてもいいですか」

ただの苦《くる》し紛《まぎ》れではなく、なぜか、気になるものを覚えたのだった。

「あら、あそこがいいの？」

すぐ耳元で、驚いたような声が上がった。

あんなところの品物じゃ駄目だと言われそうな気もしたが、於蝶太夫はそれ以上何も言わない。となれば、品定めをするぐらいは許してくれたのだろう。

それに気をよくして——というよりは何かに惹《ひ》かれたように、ふらふらと屋台見世へ歩み寄った。

遠目で見たとおり、屋台の作りは古び色褪せていて、並べている商品にも華やぎが欠けている。独楽や土人形などを売る玩具屋らしいが、売れても追加の仕入れをしないのか、台の上の品物はまばらで何も置かれずにただ空いている場所が目立っているのが、いっそうの侘《わび》しさを感じさせた。

見世の主は年寄りで、ようやく客が見世の前に立ったというのに「いらっしゃい」のひと言もない。愛想笑いを浮かべるでもなく、しばらくしょぼついた目を一亮へ向けていたかと思うと、屋台の陰から一抱えほどの木箱を出して、台の上でも広く空いている隅っこのほうに載せた。

取って置きのお勧めかと覗いてみたところ、最初から台の上に並んでいた品物よりももっと見映えが悪い我楽多《がらくた》ばかりだ。

——これでは、いくら何でも太夫が気分を害する。

そう思って見世を離れようかと視線を上げかけ——突如、箱の中のひとつの品に目が釘付けになった。

大きさは拳《こぶし》をギュッと固く握りしめたほど。一見するとただの土の塊のようだが、よくよく見ればどうやら法螺貝《ほらがい》を模した作り物らしい。

「触ってもいいですか」

主に訊いたが反応がない。駄目だと言われなかったので、勝手に持ち上げてみた。

手触りからすると、素焼きのようだ。見た目より軽いが、ずいぶんと硬質な感じがした。

ひっくり返してみれば本物の貝にある空洞がきちんと作り込まれており、箱に入れられていたときよりは置物らしく見える——いや、あるいは置物ではないのかもしれない。

「これはもしかして、土笛《つちぶえ》ですか」

見世の主に再び問うたところ、老人はゴニョゴニョと口を動かしているものの何を言っているかは全く不明で、答えを知ることはできなかった。

目を、手にした素焼きの品に戻す。どう見ても出来損ないの半端物《はんぱもの》だとしか思えないのに、なぜか手放し難かった。

「それがいいの？」

一亮の背にくっついてやることを眺めていた太夫が訊いてきた。

こんな物では太夫に申し訳ないと強く思う一方、駄目なら自分で金を出してでも買いたいという欲求が生じている。生きるのに欠かせない物以外へ「欲しい」という感情を覚えることの少ない一亮は、己の内に生じたほとんど馴染《なじ》みのない衝動に困惑し、答えることができなかった。

於蝶太夫が見世の主をじっと見ると、見返した老人が微かに頷いた――が、自分の手にした品物に気を取られている一亮は気づかない。

「おじさん、お代はこれでいい？」

太夫がいくらか老人に手渡したようだが、どれだけ払ったのか一亮には見えなかった。

「すみません。買っていただいて」

屋台見世を離れてから、ようやく礼を言うべきだということに気づいて口にした。

「あら、いいのよ。元々お礼をするつもりだったんだから。もっといろいろ買ってあげるから、何でも言ってちょうだい」

こんなつまらぬ物に金を出させて気分を害しただろうかと案じていたが、どうやら太夫の機嫌は悪くないようだ。

「いえ、これで十分です」

ほっとして言ってしまってから、しまったと思った。今度こそ、太夫を怒らせてしまったかもしれない。

――本当にこれが欲しかったから、十分満足しているのだということを、どう言えば判ってもらえるだろうか。

己の思慮のなさへの嫌悪《けんお》と苛立ちで頭を一杯にしていたところへ、前に回った太夫が覗き込んできた。

「それ、ずいぶんと気に入ったみたいね」

少女のような、邪気のないいつもの笑顔だった。

安堵《あんど》を覚えた反面、わずかな不可解さを感じながらも、一亮は、太夫に対してはどこまでも素直に心の内を述べることに決めた。

「ええ、なんでなのか自分でもよく判らないのですが」

「それ、貸してくれない」

無論、否《いや》はない。

手渡された法螺貝の素焼きを、太夫は口元へ持っていった。

ポゥ、ポゥ、ポゥ。ポゥ、ポゥ、ポゥ。

ようやくちらほらと見物人が姿を見せ始めた通りに、飾り気のない、素朴な音が小さく響いた。

やはり、土笛だった。ただし、法螺貝というよりは鳩笛《はとぶえ》と言いたくなるような音色《ねいろ》に聞こえる。

「いい音ね」

そう言うと、太夫は右手を襟元《えりもと》の合わせ目に入れて何か探した。取り出したのは、朱《あか》い色をした一本の紐だった。

太夫は手許でしばらく何かしていたかと思うと、一亮の前に一歩踏み出してから振り向いた。その手には、紐を輪にして通した土笛が提《さ》げられていた。

「ほら」

微笑みながら、一亮の首に掛けてくれた。

「ありがとうございます。大事にします」

土笛についてよりも、付けてもらった紐について言ったつもりの言葉だった。

「そうね。大切になさい」

於蝶太夫の返事は、どちらについて言ったものだったのだろうか。

並んで歩く二人は、見世物小屋や屋台見世が建ち並ぶ通りを抜けて、裏側へと出た。

通りを一本入っただけで、ようやく姿を見せ始めた見物人の姿はなくなり、奥山で働く人々も今はほとんどが自分の商売に勤《いそ》しんでいるため、急に静かになったように思えた。小屋も開き始めたのか、表のほうから鳴り響いてくる三味線の調べや呼び込みのダミ声が、まるで別世界のことのように遠くに聞こえる。

「太夫さん、お訊きしていいですか」

歩きながら、一亮が問うた。

「何?」

「壱の小組や太夫さんのところ、それに桔梗さんたち天蓋さまの小組以外にも、江戸には討魔衆と呼ばれる方々がいるのですか?」

「なんでそう思ったの?」

「太夫さんのところの米地平さんというお人が、吾らを四《よ》の小組とおっしゃったからです」

本所小梅村で芽を摘んだときのことだった。四の小組があるのならば、壱と弐以外に参《さん》（三）の小組もあるはずだと一亮は考えたのだ。

ちなみにだが、壱、弐、参ときたからには本当なら「肆《し》」なのだが、「し」は「死」につながるから忌避《きひ》したのだろうとしても、「肆」では「よ」とは読めないから、一亮は「四の小組」だろうと解釈したのだった。

太夫は、なぜか教えてくれない。

「あれは、つまらないことを言う人だから。お忘れなさい」

この指示に対し、一亮は応えを返さなかった。

ずっと素直だった一亮がこたびだけ見せた反応に、太夫は意外そうに問う。

「できない？」

「……吾は忘れても、桔梗さんは忘れないと思います」

何のことか判らなければ、忘れることのできない桔梗に対し、十分気遣った言動がとれないという意味だ。

於蝶太夫は「そうね」と応じ、話してくれる気になったようだ。

「参の小組なんてないわ。江戸の討魔衆は、天蓋さまのところを含めて三つの小組だけ――米地平が言ったヨの小組というのはね、壱、弐、参、肆の四番目のヨってことじゃなくて、『余《あま》り』の余《よ》のことなの」

「余りの小組……そうだったんですか」

「そう。壱の小組と弐の小組だけじゃ足りないから天蓋さまの小組を作ったのに、それこそあんまりな言い方よね。だから、あたしは一亮ちゃんにお忘れなさいと言ったの」

「口にしづらいことをお訊きしました。教えてくださって、ありがとうございました」

頭を下げた一亮に、太夫は首を振って見せた。

「天蓋さまの小組に、あたしは期待してるのよ。そのためにも桔梗さんには元気になってもらわないとね」

「桔梗さんは強い女《ひと》だから、きっと大丈夫です」

「そうね。周りのみんなも支えてあげてるしね」

「でも、吾が言うことではありませんが、やっぱり壱の小組や太夫さんの小組とは、まだまだ開きがあるようですね」

一亮は、壱の小組には正月の向島百花園で、弐の小組には先日の水戸街道新宿で、自分の所属する天蓋の小組との圧倒的な力の差を見せつけられていた。天蓋らを窮地に陥らせていた相手を、二つの小組はいともあっさりと斃している。

「だけどね、壱の小組やあたしのところはもう、一杯一杯」

あれほどの力を持ちながら、どういう意味だろうと一亮は太夫の顔を見た。

「壱の小組やあたしのところはもう出来上がっちゃってるから、これ以上はどうやったって、もう強くはなれない。けど、芽吹くモノのほうは、今まではほんの少しずつ様子が違ってきてただけだったのが、このごろ急に大きく変わり始めた」

太夫はそこで口を噤んだが、言わなかったことは一亮にも汲《く》み取れた。

——己らが力を落とさぬようにしているだけで精一杯なのに比べ、相手の力量が格段に進歩しているからには、いずれ追いつかれ、やがては追い越される日が来るに違いない。

そうした危機感を、於蝶太夫は如実《にょじつ》に覚えているのではないか。

「無量さまは強いお人だから、つまらない心配は全然してないみたいだけどね」

壱の小組を率いる小頭の名を挙げて言ったことからも、太夫の心情に対する一亮の想像は当たっていたのだろう。

「早く、強くならなきゃいけないんですね」

一亮が口にしたのは無論、自分らのことである——しかし、桔梗や健作はともかく、足手纏《あしでまと》いでしかない自分はいったいどうすればいいのか。

「一亮ちゃんもね」

「吾が、ですか」

どうやって、という疑問を覚えながらの問いに、太夫は「そうよ」と強く応じた。

「一亮ちゃんが今の力を伸ばせば、天蓋さまたちの助けになる――ううん、桔梗さんや健作さんを、引っ張っていけるようになるはず」

「そんな……」

「必ずなる――今のまま、真っ直ぐでい続けたらね」

どんな根拠があるのか、一亮の両肩に手を当てて真正面からじっと見つめてきた於蝶太夫は、そう断言した。


健作の住まいである小屋の前で一亮と別れた於蝶太夫は、自分の見世物小屋へと向かっていた。小屋は休みでも、霧蔵は隣の空き地で屋台見世を開けているだろう。

――壱の小組や太夫さんのところ、それに桔梗さんたち天蓋さまの小組以外にも、江戸には討魔衆と呼ばれる方々がいるのですか?

一亮のこの問いに、於蝶太夫は「いない」と答えた。嘘ではないが、必ずしも正確ではない。

壱の小組や弐の小組、それに天蓋の小組以外で江戸に討魔衆と「呼ばれる者」はいないが、「かつて呼ばれた者」ならいた。その実例が、つい先ほど自分や一亮のすぐ目の前にいたのに、於蝶太夫は一亮に教えようとはしなかった。

討魔衆自体が秘すべき存在である以上、かつてそうであった者も同様に扱われねばならないからだ。そして、明かすなら太夫ではなく、当人自身であるべきだと考えるからだった。

――それは、そんなに遠い先の話じゃないかもしれない。

何となくだが、於蝶太夫はそんな気がしていた。

四

出仕日には毎朝一番で通《かよ》ってくる廻《まわ》り髪結《かみゆ》いを、今日は非番であるにもかかわらず呼んでいた。髷《まげ》を八丁堀風《はっちょうぼりふう》から改めさせるためである。

いつもの同心の格好ではなく普段着の着流しで屋敷を出た小磯は、足を北東《うしとら》へ向けた。これから、大川を渡って本所へ向かおうとしているのだ。

非番で私用の外出のため、奉行所の小者はついていない。全くの単独行だった。

なお、定町廻りや臨時廻りの同心の中には、市中巡回などの際に、小者の代わりとして岡っ引きを供に連れ歩く者が少なからずいるが、小磯はこうしたやり方を採っていない。自分の気に入りの手先を伴ったほうが使い勝手はよい反面、看過すべきでない難点もあるからだった。

使い勝手がよいという理由で伴うからには一日中連れ回すことになるのだが、そうすると個々の縄張りを越えた先まで、その岡っ引きの「顔を売ってやる」ことになる。己といつも一緒にいさせることで、自然と他の岡っ引きの上に立つような立場に押し上げてしまうのだ。

気に入りだというのは、相手が「ご機嫌を取るのが上手い」ということと表裏一体《ひょうりいったい》である場合も多く、裏で悪事を働く岡っ引きがお上の権威を笠に着るための手助けをしてやることにも、つながりかねないことになる。

人物を見定めて供にしたつもりでも、長年の間に相手がどう変わるか判ったものではない。逆に、連れ歩く岡っ引きが真面目な男であればあるほど、自分の供をさせることによって縄張り内で目を配るべき諸事を疎かにさせてしまうような、本末転倒な事態になり得た。

ならば、それぞれの縄張りごとに供をさせる岡っ引きを変えればいいかというと、自分にしても供をさせられるほうにも手間だし、第一、使い勝手の面での長所がなくなる。

こうしたことから小磯は常に、奉行所で雇っている小者を供としているのである。これまで自分の考えを他人に押しつけることはせずにきたつもりだが、いつも組むことが多い定町廻りの武貞新八郎《たけさだしんぱちろう》あたりは、小磯の考えに同調して奉行所の小者を使っている節があった。

小磯は鎧《よろい》の渡しで日本橋川《にほんばしがわ》を渡って蛎殻町《かきがらちょう》へ出、浜町《はまちょう》から新大橋《しんおおはし》へ向かった。目指す本所小梅村まではまだまだ遠いから舟を雇ってもよかったのだが、お役目柄歩きのほうが慣れていて、つい己の足で行くほうを選んでいた。

普段からの習慣で、歩きながらのほうが考えごとがはかどるということもある。

ただし、今考えているのはお役目のことでもこれから向から先のことでもなく、自分たち夫婦と関わりのある、全く私的なことだった。友人の娘と好き合うようになった借家人の道斎を、どうするかということだ。

当人にはひとつ持ち掛けた話があったが、その前に、当然のこととして妻の絹江には考えを聞いていた。

「あなたがそれでよろしいならば、いいのではありませんか」

見返してきた絹江は感情を露《あら》わにすることなく、淡々と答えた。

呆れたことに、老練な同心であるはずの己が、嬉《うれ》しいのか不満があるのか妻の顔から判断することができなかった。「どうなんだ」と訊いて答えをもらっても、それが本心かどうか見定める自信がない。

そして妻の答えを得てすぐに、道斎には話をしてしまっている。昨日、貧乏儒者にしては改まった格好でやってきた道斎からその返事を聞いた後となってはなおさら、覆すにはすでに遅すぎた。

にもかかわらず、妻の本心が読めないことは、小磯にとって小さからぬ引っ掛かりになっている。

──夫婦の間柄もひっくるめて、世のしがらみってヤツからぁ、死ぬまで逃げられりゃしねえな。

そんな当たり前のことを思いながら、溜息をつく。気づけば、目的の場所近くまで到達していた。

田圃のど真ん中に立っている小磯の視線の先には、小さな森がこんもりと繁っていた。五人の死骸が見つかったと勇吉が報せてきた寺の建つ森だ。小磯が佇んでいるところからも、屋根になるはずの木組みが森の樹木の間から顔を覗かせているのが判った。

小磯が立つ田圃では、端のほうから百姓たちが田植えを始めている。数多くの田が広がる中で、三枚だけに大勢の人がいて作業をしているのは、本格的な梅雨を前にして、全ての田に苗を植えるための共同作業が始まったところなのであろう。

視線を、目の前の森に戻す。遠くから見た限りでは、寺社方や北町の手先などがいる様子は見えなかったが、万が一見つかったらうるさいことになりかねないため、小磯はだいぶ慎重になっていた。

とくに難しいのは、北町の同心に己の正体がバレてしまったときのことだ。一件が寺社地で起こっている以上、今の月番が北町か南町かということにあまり意味はないが、奉行同士の話し合いの上で北町の横尾とかいう同心が協力しているとなれば、南町の小磯はそれこそ完全な部外者だった。ましてや己は、北町が月番のとき、その北町よりもずっと早くに殺しの現場に駆けつけて向こうの面々を間抜けに見せたという「前科」がある。もし見つかってしまったら、目《め》の敵《かたき》にされて当然だろう。

――やっぱり、物慣れた手先に補助《すけ》してもらわねえと、手も足も出ねえか。

老練な町方同心が、経験から判りきっているはずのことを思って苦笑した。

この一件を小磯に報せてきた勇吉は縄張り違いであり、こんなところへ引っ張り出すわけにはいかない。かといって、勇吉が事情を教えてもらったという岡っ引き、巳之吉という男は北町の横尾から手札を頂戴しているとなれば、今はこの一件で駆けずり回っている最中であろう。「己の旦那を裏切って、おいらに拾い集めた話《ネタ》を横流ししろ」などと、頼めるはずもなかった。

様子を探りながら、やれそうなら森の手前まで近寄ってみる――実際行えるのは、その辺りまでで限界だ。森の中まで踏み込んでは、見つかったとき弁解が利かなくなる。たとえ遠目からでも、周囲の有り様をこの目で見られただけで満足すべきだった。

――後《あた》ぁ、勇吉に巳之吉から根掘り葉掘り訊いてもらうしかねえな。

どうにも隔靴掻痒《かっかそうよう》でもどかしいが、他に手段はなさそうだった。

——勇吉？

己の思考に、どこか引っ掛かりを覚えた。そういえば、勇吉の話を聞いているときに、何か違和のようなものを覚えたことを思い出した。

——ありゃあいつの、何についての話だっけな。

まず、いつのことかを思い出そうとする。それができれば、何を話していたときだったかも思い出すかもしれない。

——一番最近、勇吉が訪《たん》ねてきたときじゃねえし、渡した人相書きの返事をしにきたときゃあ、ほとんどその話ばっかりだった。するってえと……。

もう一つ前となると、水戸街道新宿の三人殺しを報せにきたときになる。詳しく思い出そうと頭を絞った。

と、不意に、そのときの勇吉の言葉が甦《よみがえ》ってきた。

「このごろ、水戸街道を往来する旅の者が何人か、不意にいなくなるって噂がありやして」

——ただの噂で確かな話でもねえのに、なんでこんなことが気になった？

己に問い掛けるが、答えは出ない。

ひとつ深く息をして、くだらなくとも何でもいいから、思いつくことを次々に並べてみた。

水戸街道――水戸街道だけでなく、街道については何もなし。しいて挙げれば、最初の瀬戸物商身延屋があったのが、大山道《おおやまみち》だというぐらいか。それと道というなら、向島で起こった三件の人死には、いずれも七福神巡《しちふくじんめぐ》りの順路の途中。

往来する旅人――旅人で思いつくのは、いくつかの殺しの際に、江戸に流れ込んだ食い詰め者が関わっているかもしれないという疑いがあったということ。往来で起こっているのは、水戸街道の三人殺し以外だと、麻布桜田町《あざぶさくらだちよう》の一件で生きて見つかった娘が、往来で攫《さら》われたことを挙げられよう。向島の人死にの最初の一件である薬種問屋の隠居が死んだのは屋根船の中だから、これも「川の往来」だということができるかもしれない。浅草田圃で死んだ辻斬りも、吉原《よしわら》からの通り道だから往来か。ただそれを言えば、白鬚明神社も参道だし、百花園も見物の順路だからキリがない。

不意の神隠し――神隠しは、次の一件であるこの場所、本所小梅村でも起こっている。麻布桜田町で殺された最初の娘は、床下に隠されていたから神隠しかもしれないと思われていた。そして、最初の身延屋の一件で小僧が一人行方知れずになっており、いまだに見つかっていない。

噂――こいつは、どの一件でも数え切れないぐらいあって並べようがない。

つらつらと思い浮かべてみた中で、ピンと来るものはなかった。漏れはないかともう一度考えてみようとし――不意に、頭に浮かんだ言葉があった。

――「いなくなる」？

いなくなったから、どうだというのか。さっき挙げた以外で、誰かいなくなった者がいただろうか。

特に思い当たらない。当てがはずれたかともう一度最初からやり直そうとして、また不意に考えついたことがあった。

――「いなくなった」、そのこと自体じゃねえ。大事ななぁ、「おそらくは己の意志で消えたわけじゃねえだろう」ってとこだ。

何が大事なのか？

ようやく己の引っ掛かっていたことが判明して、目の前が急に明るくなったような気がした。

――今までは、死んだ連中をみんな一緒くたに考《かんげ》えてた。

そこが、間違いだったかもしれないのだ。本当は、もっとカッチリ分けて思《し》料《りよう》すべきではなかったのか。

たとえば最初の瀬戸物商の一件では、主夫婦と奉公人五人の計七人が殺されていた。しかし、不明なのは主夫婦二人を殺した人物だけである。残りの凶行は、死んだ主夫婦の仕業と考えてよさそうだった。

次の浅草田圃で死んでいた二人についても、下手人が不明なのは侍のほうだけで、町人は死んだ侍によって斬り殺されたとして十分辻褄《つじつま》が合っている。

向島の三件はいったん置いておくとして、麻布桜田町のほうは、殺されたのと生きているのの違いはあるが、攫われた二人の娘はいずれも、死んで見つかった遊び人の悪戯でまず間違いない。ここでも、誰が殺したのか判らないのは、遊び人殺しだけだ。

——するってえとおいらが追ってる野郎は、非道な人殺しを探し出して、手前で始末してる?

思いついたことに、自分で吹き出してしまった。

何でそんなことをしなければいけないのか、全く理屈がつかない。御番所に知らせることができないほど後ろ暗いところのある人物だとしたら、そんな「世のため人のため」みたいな綺麗事で苦労しようと思うはずがないだろう。

もし小磯が考えた通りだとすると、相当な腕利きのはずの下手人が、子供が夢見たような理由から、必要もないのにわざわざ自らの手を汚して人を殺しているということになる。あまりにも支離滅裂《しりめつれつ》で、現実味がなかった。

小磯はくだらない思いつきを捨て去ろうとして——なぜか捨てきれずにいる己を自覚した。ならば仮に、そんな頓珍漢な腕利きが本当にいたと仮定してみる。

——それなら、向島の三件の人死にでも、起こした野郎はその腕利きが始末した。ただ、このときは始末されたはずの「殺しの下手人の死骸」が出てこなかったため、他とは違う様子に見えた。そして、立て続けの凶行を起こした野郎はもう死んでいるから、向島で新たな人死にはそれ以降発生していない……。

妙に、辻褄は合ってしまうのだ。

——こたびの水戸街道新宿や本所小梅村は逆で、「先に非道な下手人によって殺された人々」の死骸が隠されたままで行方知れずの扱いになり、この下手人連中が「腕利き」に殺られてその死骸だけ残されたから、あんなふうな現場になった。

これも、ピッタリ当て嵌まってしまうように思えた。

一月ほど前には、僧侶と子供の組み合わせを根底に置けば、瀬戸物屋の一件から桜田町の仕舞《しも》た屋《や》の一件までがみんな関わり合いがあるように思えたが、今度はそれに水戸街道新宿と本所小梅村の殺しまで一括《ひとくく》りにして、全て同じ人物が関わっているように考えてしまっている。

小磯は首を振った。

——一番夢見てるようだってなぁ、おいら自身だ。

こんなこと、誰に話したって信じてもらえるわけがない。裏でこっそり、「さっさと隠居させろ」と陰口叩かれるのがオチだった。

——まず第一に、「奉行所に知らせもしねえで、危ない橋渡りながら手前で手を下す」ってとこが、どうもいけねえ。なんで、そんなことをしなきゃならねえ。

自分へそう言い聞かせたときに、ふと思い出した光景がある。

最初の青山はずれ宮益町の身延屋。殺しの現場に到着した小磯が、状況をつぶさに見ようと死んだ内儀の腕を持ち上げた際——死んでいるはずの女は、小磯に視線を移してきた。

気のせいだ、そんなことがあるはずはない——でも、もしあれが実際あったことだとしたら……。始末されているのは、町方などの手には負えない「何か」なのかもしれない。

小磯は、再び首を振って己の考えを否定した。あまりに馬鹿馬鹿しくて、笑う気にもならなかった。

——こんなんじゃあ、ホントに隠居は近《ちけ》えな。

踵《きびす》を返し、己の屋敷へ向けて来た道を戻り始める。どうせ森の外からしか中の様子を窺えないのであれば、下手に近づいて寺社方や北町に見つかるようなまねはすべきではないと、判断した結果であった。

翌日、奉行所へ出仕した小磯は、年番方《ねんばんかた》与力の仁杉《ひとすぎ》五郎左衛門《ごろうざえもん》に面謁《めんえつ》を申し入れた。「儒学者の道斎、本名竪柴釜之介を、自分のところの養子にしたい」と届け出るためである。

第五章　讐鬼《しゅうき》

一

深夜、あの堂宇に評議の座の面々が集まっていた。

「して、本所小梅村の芽を摘む場より逃げたモノの行方は判明したか」

一座を取りまとめる万象が、知音に問うた。

「いまだ、耳目衆よりは何の報せも入ってきておりませぬ」

その返答に、樊恵が毒づく。

「そなたの独断専行を寛恕できるとすれば、天蓋の小組が用をなしたという証が立ったとき、すなわち逃げたモノの所在を突き止めたときだということに、そなたも同意しておったの」

「念を押していただく要はございませぬ。愚僧も、しかと憶えております」

「ならば、覚悟しておけ」

二人のやり取りを聞きながら、万象がぽつりと言った。

「耳目衆の、尻を叩くか」

異議を唱えたのは、万象の補佐をする宝珠だった。

「お待ちください。それは、まだ少々早いのでは。耳目衆とて、十分な人数で余裕ある調べができておるわけではありませぬ。無理をさせれば、その分の皺寄せは必ずどこかに出てきてしまいますゆえ」

耳目衆本来の役割は、できるだけ広く目を配って、どこで芽吹きが生じても素早く察知することだ。均一に目を配るだけでは足りずに重点を置くべき場所ができると、他のところの監視が十分ではなくなる懼れが常にあった。

万象は知音に目をやったが、宝珠へ異を唱える様子がないのを見て、己の考えを撤回した。

「ならば、今少しそのまま待ってみるか」

知音にまだ猶予《ゆうよ》を与えるという考えに、反論してきたのは樊恵だった。

「しかし、いつまでもそのままにはできませぬぞ。皺寄せがあるというなれば、行方が判るかどうか判然とせぬ『逃げたモノ』の探索に人数を割《さ》いていることこそ、耳目衆の負担になっておりますからの」

「それについては、考えがある」

「はて、どのような」

樊恵に引き下がるつもりはなさそうだ。万象はちらりと宝珠と目を見交わした後、己の存念を明らかにした。

「これは、もう少し皆の考えを聞いてから決めようかと思うておったのだが、どうやらそうも言っておられぬようだ――天蓋の小組が奥州より伴い、いまだ共に在る早雪なる娘について、お山への問い合わせに対し返事が参った」

「おお。で、お山は何と」

「江戸が求めるなれば、引き受けてもよいそうだ」

一座に、肩の荷を下ろしたような気配が広がった。たとえ悪気《わるぎ》がなかろうが、簡単に村ひとつ壊滅させられるような存在を江戸に置くことは、やはり各員の心の負担になっていたのだった。

「では、すぐに出すのですな」

期待を込めて、樊恵が問うた。

「この評議の座がそう決めるなればの」

万象の言葉を受けた樊恵が一座を見回しながら、「異論のある者はおるまい」と皆に同意を求めた。

しばらく待ったが、反対を表明する者はいなかった。

そこで知音がいくつか問いを発する。全て万象が答えた。

「お山の受け入れ体勢は。こちらより改めて願いを出してから先方が支度を始める、ということになりましょうや」

「我らのお山ぞ。小娘の一人ぐらい、急に送り出したとて十分受け入れられるわ」

「すぐに向かわせるということにござりますか」

「出すことに、皆が合意すればの。善は急げと申すであろう」

「これよりお山へ向かうとなると、旅は梅雨の時期と重なりますな」

「川止めには何度もあうことになるやもしれぬが、特段急ぐ理由もない。雨が酷ければ、旅籠で連泊しても構わぬ。ともかくこたびは、お山へ無事に着けばそれでよいのじゃからな。

梅雨明けまで待っておったならば、参勤交代の行列とかち合うことが増えようゆえ、却《かえ》って旅がしづらかろうよ」

諸大名が一年おきに国許と江戸での生活を繰り返す参勤交代の行列は、例外はあるものの外様《とざま》大名が四月、親藩や譜代《ふだい》大名が六月に旅を行うのが慣例であった。間の五月を使わないのは、梅雨の時期を避けるためである（陰暦の五月一ヶ月間は、おおよそ現在の六月前半から七月前半ごろにあたる）。

「お山までは、天蓋の小組に送らせるというお考えにござりますか」

「早雪がここに来た経緯を考えれば、それが最も相応しかろう。再び同じことが起こるとは考えにくいが、一度は芽吹きに利用された娘ゆえ、旅の間もいちおうの警戒は欠かせまい。壱の小組や弐の小組をそう簡単に江戸から出せぬ以上、他に任せられる者はおらぬし、また早雪にとっても、天蓋たちと共にあるのが最も不安を感じずに済む旅になろうしの。

さらに言えば、先ほどの樊恵の問いに答えることにもなるが、天蓋の小組を出すことにより、耳目衆の負担を減らす道が開ける。すなわち天蓋の小組を江戸より出せば、警戒のため町方同心のところに張り付けておった耳目衆の任を、解くことができるからの」

旅の日数が掛かってもよい本当の理由は、こちらのほうであるらしかった。

「おお、その者らを元の任に戻せば、皆の負担が軽くなりますな」

名案だと声を上げたのは、樊恵である。そして、いつも意見が対立する相手を正面から見据えた。

「知音、万象様のお話をどう受け止める。そなたに、異論はあるか」

「皆様がご同意なれば、愚僧は異を述べようとは思っておりませぬ」

知音は、感情を交えずに答えた。ここで反対を口にしても孤立するばかりだと、察知した上での発言だった。


翌日の夕刻、浅草寺奥山。すでに多くの見世物小屋は本日の興行を終了し、木戸を閉じていた。水茶屋や土産物屋《みやげものや》も見世仕舞《みせじま》いを始めているようなところがほとんどだ。

暮れ六つ（日没時）になれば浅草寺の山門が閉ざされてしまうから、いまだ居残っていた客も皆が急ぎ足で寺の外へ向かっていた。そのうちの何人かは家路《いえじ》に就かず、より北の方角――吉原へと向かうのかもしれない。

「天蓋さま」

己の小組の組子らのところへ向かおうとしていた僧侶に、背中から声が掛かった。振り向いてみると、於蝶太夫であった。

「太夫か」

「これから桔梗さんたちのところへ？」

「ああ、命が下ったでの」

「その前に、少しいいでしょうかね」

誘われた天蓋は、桔梗らのところへ行くのを遅らせて、於蝶太夫に付き合うことにした。日中とは別の場所かと見まがうほどに閑散《かんさん》とした通りを、二人並んで歩く。

「今日は、どうした」

「要らぬお節介《せっかい》なんでしょうけど、それでもちょいと心配になりましてね」

「早雪を送る旅のことかの」

「ええ」

「そのために、拙僧らがついて参る。それに――」

言いかけて周囲を改めて見回し、聞く耳がないことを確認し終えて先を続ける。

「もし、水戸街道新宿や本所小梅村から逃げたモノのことを案じておるなら、こたび我らが向かうは全く別の方角になる。千住宿へも近づかぬからの」

まずは大丈夫であろうという、返事だった。言っていることはそのとおりであって、むしろ自分の感じている煩慮《はんりょ》のほうが取り越し苦労に思えるから、太夫は口を噤む。

今度先に口を開いたのは、天蓋のほうだ。

「しかしながら我らに対するお気遣いには、礼を申す——真にありがたく」

僧侶が軽く頭を下げたのへ、於蝶太夫は溜息をついた。

「討魔衆とか評議の座とか言っても、心を赦せる相手は少ないですからね」

繰《く》り言《ごと》とも取られかねない本音を口にした太夫へ、天蓋はちらりと視線を向ける。

「拙僧ら程度の力ではそれこそ僭越なもの言いになろうが、逃げたモノについて申せば、江戸に残る方々のほうが十分気を配るべきであろうな」

これには、太夫のほうが軽く応じる。

「水戸街道新宿で三匹、本所小梅村で五匹——さすがに、もう仲間はいないでしょう。もし他にもいるなら、出し惜しみしないで二度目の本所小梅村のほうで出してきてるでしょうから」

「……」

「何か、ご懸念でも?」

天蓋の答えは一拍遅れた。

「これこそ何ら確かな根拠のない、ただの杞憂だが――やり口は全く違っておれど、こたびの二件からさほど遠くない場所で、やはり芽吹きが起こったことをどう思う」

「天蓋さまがおっしゃってるのは、向島七福神巡りでの芽吹きのこと?」

「さよう――もしこれら全てに、こたび逃げたモノが関わっておったならばと考えると、少々難しいことになるやもしれぬと思えてきての」

「詳しく教えてくださいな」

聞いていた太夫の表情が厳しくなっていた。もし天蓋の想像が当たっていたなら、今まで考えられた以上の重大事が起こっていることになるのかもしれない。

「拙僧が気になっておるは、水戸街道新宿で芽吹いたるモノはいずれも十五、六で、本所小梅村で出てきたモノは全て二十二、三に見えたということだが」

「それが?」

「向島で壱の小組に斃されたるモノは、全て七つか八つほどの幼き姿に見えた

──数は、十四を超えておったろう」

「……七、八年おきぐらいで、芽吹くモノが生まれてるってことかしら」

「いずれも同じ関わりのうちならば、ということじゃがの──そして、逃げたるモノはこたびも明らかに女」

「まさか……そのモノが産んでるって？」

「ただの妄想であればよいと、自分でも思っておるところでの。奥州で、人を芽吹かせ仲間に仕立て上げんとするモノを見たゆえ、このような途方もないことが思い浮かんだだけやもしれぬが……。

　このようなこと、知音様から評議の座に上げていただいたとて、一笑に付されて終わりであろうしな」

　天蓋から言われたことをじっと考えていた太夫は、自分なりの結論を得たのか、わずかに愁眉《しゅうび》を開く様子を見せた。

「天蓋さまのお考えが当たっていたならそりゃたいへんだけど、もしそうだとしても、まずしばらくの間は大事にまでいくことはないでしょ──だって七年おきなら、再び増えてたってまだ生まれたばかり。いかに芽吹いたモノだっていっても、赤子じゃ何もできないでしょうから」

こたびは、太夫が口にした道理に天蓋が黙する番だった。

天蓋は、話柄を変える。

「しかしながら、やはり弐の小組のことは案じられるの」

「頼りないって?」

太夫の顔に、いつもの悪戯っぽい笑みが戻っている。

「いや。そのような意味ではないが。力はまさに、壱の小組に引けを取らぬだけのものをお持ちだ――なれど、あまりにも太夫の双肩《そうけん》に重荷が掛かりすぎておろう。これでは、いつ潰れたとておかしくはないように思えてしまう」

「ご心配、ありがとうございます。けど、こればっかりはなかなか上手くいきませんでね」

「差し出口《さ で ぐち》をするが、それぞれの分担をいくらか変えてみては。霧蔵が太夫を助けんと奮闘しておるのは判るものの、十分ではあるまい」

「天蓋さまが言うのは、米地平をどうにかしろってことよね」

天蓋の無言は、肯定だった。

「判ってはいるんだけどね。まああれでも、あの男はあの男なりによくやってくれてる――もう弱りきって虫の息になってる相手の止めを刺すなんて、誰だって気分のいいもんじゃないしね」

「しかし、の」

「ええ、それだけじゃあ、討魔の組子としては不足だって言いたいんでしょ。あたしだって、今のままでいいとは思ってませんよ。

でもね、それをいうなら天蓋さまのところの一亮ちゃんだって、十分なところまでいってませんよね。確かに大事なところで何遍《なんべん》か大きな働きはしたようだけど、それ以外じゃ、むしろ桔梗さんたちが攻めに徹することができないぐらい、気を配ってあげなきゃいけないようだしね」

「それでも、一亮には途方もない伸びしろがあるように思えておる」

「そうでしょうね。それは、あたしも同感ですよ——でもね、そりゃあ一亮ちゃんと較べたらずいぶんと見劣りはするけど、米地平だってその気になりゃあ、かなり遣うはずなんですけどね。

まあ、幸いにも今んところは、あたしと霧蔵で何とかなってますから、米地平が発憤《はっぷん》しなきゃならないようなとこまで、いってませんけどね」

「あれは、どういう男なのだ」

天蓋が問うたのは、先ほど於蝶太夫が「こればかりはなかなか上手くいきませんで」と言ったことに関し、弐の小組が追加の人員を補充できない大きな理由に、米地平との相性の問題があると知っていたからだ。霧蔵とも決して上手くいっているわけではないが、米地平を排除しようという意志が太夫にない以上、太夫を慕う霧蔵は沈黙を守っているというのが今の状況だ。

「米地平は、あたしが今の演し物の芸事を教わった、お師匠《つしょ》さんが拾った男でして。まだあの男がほんのちっこい餓鬼《がき》のころだったって聞いてるけど、不器用で、ずいぶんと厳しく仕込まれたようでしてねえ」

桔梗や健作は、お山での修行で身につけた討魔の業を拠《よ》り所《どころ》にして表の稼業を決めたのだが、今の話に基づけば、於蝶太夫や米地平は手妻の親方に芸の稽古をつけてもらっているときに、討魔衆としての才を見いだされたということらしかった。二人一緒だったのか時期にズレがあるのかまでは判らないが、親方に相応の金が払われて買い取られ、お山へ送られたのだろうと思われる。

太夫の話は続く。

「米地平ってのは、それなりに格好がつくようにあたしが字を変えてやった名で、お師匠さんが当人に付けた名じゃ、クサカンムリに平らの『苹《へい》』に、ムジナヘンそのものの『豸《ち》』で苹豸平《べちへい》ってもんだったんですけどね——まあ、お師匠さん、妙なとこで学問のあるお人だったから」

『芈』は浮き草のこと、『豸』は本邦では漢字の一部としてムジナヘンと呼ばれるが、一個の独立した文字としての本来の意味は、蚯蚓《みみず》などの地べたを這いずる虫のことである。於蝶太夫の師匠が米地平のことをどのように見ていたかが、はっきりと判るような名付け方だった。

「これで、米地平がどんな育ち方をしたかはだいたいお判りでしょうけど、まあ、そんなふうに可哀想《かわいそう》な男だから、ヒネクレちまったのも、仕方のないとこがあるんですよ」

たとえそうだとしても、太夫の庇《かば》い立《だ》ては度が過ぎているように思える。他に口にしなかった事情もあるのだろうが、天蓋としてはここまで聞けば十分だった。

「実はの、正直に申すと、このごろ太夫が我らの小組に近づいてきたのには、下心があるのではと少々疑っておったのだ」

「あら、どんな下心でしょう」

「我が小組より、組子を引き抜いて弐の小組を補強しようとしておるのではないか、となーーただそれにしては、桔梗には声を掛けずに健作と一亮だけ、というのは少々妙な気がしたが」

於蝶太夫は、面白い話を聞いたとばかりに「あらまあ」とコロコロ笑った。笑いが収まらぬうちに、あの悪戯っぽい目で天蓋を見てくる。

「結局は、あたしの男好きってことで得心しましたかね」

「いや、健作だけならまだしも、それなら一亮にまで近づく要はあるまい」

於蝶太夫は「判りませんよ」と軽口を叩いてから言った。

「それ、ただの思い違いじゃないかもしれませんよ」

「ほう?」

「けど、誰か引き抜こうってとこは違ってますけどね」

「というと?」

於蝶太夫は、気に入った芝居の筋でも語るような、くだけた口調で言った。

「いっそのこと、弐の小組ごとみんな天蓋さまに預けちまおうかってね――そう考えたとき、桔梗さんの性根は判ってるつもりだけど、健作さんとはこれまであまりお付き合いがありませんでしたからね」

一亮のことは口にしなかったが、於蝶太夫から見れば健作以上に未詳《みしょう》の相手であることは確かだろう。しかし、そんなことより相手の心境のほうが気掛かりだった。

「太夫……」

於蝶太夫は明るい顔のまま、天蓋を見返してくる。

「あたしは別に、討魔衆を退きたいっていうんじゃないんですよ。そうじゃなくって、もう一度ただの組子に戻って天蓋様に指図していただいたほうが、もっとずっと上手くやってけるんじゃないかと思えて、ね」

「……しかし、我らでは」

全く考えたこともない話であるという点はひとまず措いても、天蓋の小組が弐の小組を吸収するなど、評議の座から許しが得られるはずがない。

「そりゃあたしだって判ってましたけどね。けど、他には考えられませんから──だって、壱の小組の無量さまは確かに凄いお方だけど、あんなに冷たいお人の下につくなんて、ぞっとしませんからね。

でも、キッパリと諦めましたさ。あたしらなんかが加わっちゃあ、せっかく天蓋さまが新たな小組をお作りになった意味がなくなっちまいますもんね」

「太夫、それは……」

「いいんですよ、気にしないでおくんなさいな」

――愚僧が新たな小組を作った意味がなくなるとは、どういうことか。

そう訊こうとしたとき、於蝶太夫は突然思いも掛けぬ告白をしてきた。

「健作さんに近づいた理由は言いましたけど、一亮ちゃんについては口にしませんでしたよね――まあ、健作さんにしたのと同じって言えば言えなくもないんだけど、それとは別に、ちょいと気を惹かれてるとこがありましてね」

「確かに、普通とは違った子であるからの」

太夫は向こう向きで天蓋に表情を見せぬまま、「そうじゃないんですよ」と呟いた。

「？」

「これでも昔一度、子を産《な》したことがありましてね――難産で、生まれた時にゃあもう息してませんでしたけど。あたしもそのとき、いっぺん死にかけました」

「……………」

「それから干支《えと》も一巡りしたんで、すっかり忘れてたつもりだったんですけどねえ」

振り返った太夫は、さばさばとした顔で天蓋を見返してきた。

「天蓋さま、ご厚意に甘えてずいぶんとお手間を取らせました。組子の皆さんに、よろしくお伝えくださいまし——それじゃあ」

頭を一つ下げると、そのまま去っていく。もう、天蓋のほうを振り返ろうとはしなかった。

いつもの弾むような足取りだったが、天蓋の目にはなぜか、ずいぶんと寂しげに映った。

二

「えっ、そんな……」

天蓋より早雪をお山へ送ることになったと聞いて、一番驚いたのが桔梗だった。奥州根張村より早雪を連れ帰る旅の間や、江戸に着いたばかりのころ、早雪とはあまり近づきたくなさそうな様子だった娘がである。

一村壊滅という惨状を引き起こしたことについて、早雪に罪はないということを天蓋から聞かされ、理屈の上では得心したつもりであっても、やはり心情的にはどこか忌避する想いを拭いきれなかったのだろう。

その間、早雪の面倒を最もよく見たのが一亮だった。天蓋の解釈を聞いてしまえば、「もし罪があるとするなら早雪ではなく自分こそ責められるべきだ」というのが、一亮自身の考えだ。しかし実情としては、一亮が皆から以前と同様に接してもらっている一方、早雪のほうは何とはなしによそよそしい扱いを受けている。

自分が初めて奥山に連れてこられたときとは、周囲の対応が全然違っているように一亮には思えていた。だから、一亮による早雪への奉仕は、ある種贖罪《しょくざい》の意味が込められていたと言ってもいい。

ただ、当初はもっぱら一亮が面倒を見ていたといっても、やはり女同士でなければできないこともある。そういう部分ではずっと桔梗が世話を焼いたのだが、早雪を前にした際、桔梗は相手を嫌悪するような様子はいっさい見せなかった。

そして江戸へ到着してしまえば、当然のこととして、「まさか早雪を一亮と同じ小屋に二人だけで寝泊まりさせておくわけにはいかない」ということになる。早雪は、桔梗が暮らす見世物小屋に同居することになった。

桔梗は、気が強くてもの言いが厳しい分だけ取っ付きの悪い印象を持たれがちだが、心根は温かで世話好きなところもある娘だ。そういう娘が、記憶を無くした天涯《てんがい》孤独《こどく》な少女と長いときを一緒に過ごすようになって、相手に慈愛を覚えぬわけがない。

ましてや江戸に帰着してからの桔梗は、「町方同心に目を付けられる懼れがある」という理由から舞台に立つことを禁じられており、なおいっそう早雪と共にあることが多くなっていたところなのだ。

今では、早雪と一番仲がよいのは桔梗であり、一亮は嫉妬《しっと》しているつもりはないものの、どこか寂しい思いを抱えたような心持ちで手持《ても》ち無沙汰《ぶさた》にしていることがあった。

桔梗にしてみれば、自分でも思っていなかったほど仲よくなったところで、このたびの話である。あるいはという予感はあり、覚悟もしていたはずなのだが、報されたのがあまりに突然だったため、心が追いついてこなかった。

「坊さん。それはもう、決まりってことかい」

嚙みついてもどうしようもないことぐらいはわきまえている。わずかな望みをかけてそう問うのが精一杯だった。

返答は、残酷なものだった。

「ああ。評議の座で、全員一致で決まったそうだ」

「全員一致――だって……」

言葉が続かない。

「桔梗」

健作が、名を呼んだ。諦めろ、自制しろ、残念だ、俺だって同じ思いだ……。様々な意味を込めた呼び掛けだった。

桔梗だって判っている。早雪がいつまでも自分らと一緒にいられないだろうというのは、自分が一亮に警告した言葉だった。出会った最初のときから、自分は判っていたはずなのだ。

それに、早雪を自分のところに住まわせている今の有りようが、決して好ましいものでないことも十分承知していた。自分らが芽を摘みに出たときには、早雪は誰かに預けられることになる。その間、早雪はよく知らぬ者らと不安なときを過ごさねばならない。そして、大人しく待っていれば、桔梗や一亮が必ず元気で帰ってくるとは限らないのだ。

お山へ行けば、そんな心配はしなくて済むようになる。最初は見ず知らずの人に囲まれ寂しい思いをするだろうが、それも馴れてしまうまでのこと。何よりお山の中なら、病気や故障以外で人が死ぬところに立ち会うような目に遭わずに済むのだ。

桔梗は、部屋の隅にちんまりと座っている早雪を見やった。

自分たちが何を話しているのかみんな判っているはずなのに、早雪は表情一つ変えることなく前を向いていた。何かを見ているわけではなく、ただ、何もない宙へ目を向けている。

その姿は、ときに健作が手入れを手伝う生人形《いきにんぎょう》に似て、感情を持たぬ綿と布の塊であるかのようだった。

「お山には、あたしらで送っていけるのかい」

桔梗が、天蓋へ向かって静かに訊いた。

「ああ、みんなでお山まで送っていってやろう」

天蓋が、深く頷いた。

この間、一亮はずっと黙ったままだった。

向島は大川を離れてしばらく東のほうへ進むと、ところどころに寺や神社がある以外は、一面田圃と畑ばかりになる。あとは、百姓家や小さな雑木林《ぞうきばやし》、竹林が点在するだけだ。

そんな何にもない土地を、一人の僧侶が歩いていた。どこへ向かうつもりか、ときおり被っている網代笠に手をやり、笠の縁を上げて左右を見回している。

すでに夕刻であり、ほどなくやってくるはずの日暮れとなれば辺りはすっかり闇に閉ざされてしまうことが明らかであっても、僧侶は前へ——江戸から離れるほうへと、足を進めるのをやめようとはしなかった。

あるいは道に迷ったかとも思える姿だが、ときに遅くまで田畑に残って野良《のら》をやっていた百姓を見掛けても、声を掛けようとはしない。むしろ足取りを変えて、「自分ははっきりと行き先を定めて歩いているのだ」という様子を取り繕いつつ前へ進んだ。

「ここか……」

僧侶が呟いて立ち止まったのは、田圃の中にぽつんと取り残されたような、やや大きめの雑木林の前だった。陽はまだ落ちきらずに残っているが、密生している藪の中はもうずいぶんと暗いようだ。

一瞬躊躇《ためら》いを見せたものの、僧侶は邪魔になる網代笠を脱いで手に持つと、踏ん切りをつけたように中へと踏み込んだ。バサバサと音を立てながら、奥へ奥へと無理矢理進んでいく。

外から見る分には人の侵入を阻むような密生がどこまでも続くかと思われた

が、しばらく細い幹や葉の茂る枝と格闘した後には、次第に木の生え方がまばらになってきたように思われた。おそらくは、陽当たりの問題なのであろう。

邪魔になる枝葉が減って最前より歩きやすくなると、僧侶の足取りも速まる。

そして僧侶は、雑木林のほぼ中央に到達した。

ここだけはなぜか、差し渡し五間（十メートル弱）ほどの円形に、木のない土地が広がっている。わずかな陽光が、空き地を薄明るく照らし出していた。

地面には無数の落ち葉が積み重なっているが、その中央がこんもりと盛り上がった小山になっていた。それは土地自体の盛り上がりで、よく見れば僧侶の方へ暗がりを向けた横穴が空いているようだった。

僧侶は、ゴクリと唾を呑み込んだ。目を閉じて覚悟を決め、再び目を開く。

「おうぃ」

何かに呼び掛けんとしたようだが、喉が引《ひ》き攣《つ》れ、ほとんど声になっていなかった。

「おうぃ」

僧侶が再び声を発する。今度はきちんと発声できていたが、この場に見えない誰かに呼び掛けたにしては、小さな声だった。

しかし、萎縮《いしゅく》しているために小さな声量になっているというわけではなさそうだ。一度声を発してしまったからか、行動はだんだんと大胆になってきたが、呼び掛ける声の大きさは変わらなかった。

「おうぃ、おるなれば返事をせよ。大事な話を持ってきてやったぞ。おうぃ」

僧侶が呼び掛けているのは、どうやら土の盛り上がりに空いた穴の中へ向かってのことのようだった。

三

旅の間は、夜明け前に宿を出て、陽が落ちる前にその日泊まる宿に着くことを繰り返す毎日となる。天蓋ら五人の旅立ちも、大川の向こう側が薄明るくなってきたころに、浅草寺の御門を背にしたところから始まった。

江戸から各地へ旅立つ出発点は全て日本橋とされるが、見送る者もいない五人にとっては、わざわざ混み合う場所を通る要もない。本石町《ほんごくちよう》へ入る手前で早めに折れて、日本橋より一本東側の江戸橋《えどばし》を渡って品川《しながわ》へ向かった。

品川の次の宿場は川崎《かわさき》だ。品川から先はもう御府外だということになってはいるが、川崎手前の六郷川《ろくごうがわ》（多摩川《たまがわ》河口付近の呼称）を渡し船で越えた辺りから、ようやく江戸を離れて旅へ出たのだという実感が湧いてきた。

早雪は奥州から江戸へ伴われるときにも健脚《けんきやく》を見せていたからあまり心配することもないのだが、今日は川崎の次の神奈川宿《かながわしゆく》で宿を取ることにした。最初のうちは元気が有り余っているためつい無理をしがちになるのを、我慢するのが長い旅を最後まで無事に終えるコツだった。

それに今回の旅は、先を急ぐものではない。ちなみに大人の男なら二つ先の戸《と》塚《つか》、女の足でもひとつ先の保土《ほど》ケ谷宿《やしゆく》まで行くのが、当時の通常の旅程とされていた。

「箱根《はこね》か、できりゃあ大井川《おおいがわ》ぐれえまでは、降られねえでくれると助かるんだがねえ」

健作が、どんよりと曇った空を見上げながら、誰に言うともなく呟いた。隣を歩く一亮も、二人の前を早雪と並んで歩く桔梗も返事をしない。

――一日早くお山に着けば、早雪との別れが一日早くなる。

心に、その思いがあるからだった。

もちろん、健作は早く目的地に着きたくてそんなことを口にしたわけではない。ただ単純に、旅の快適さを求めてのもの言いだった。

健作のお気楽な人となりは桔梗も承知のことだから非難はしないが、だからといって愛想よく返事をする気分にもなれなかったようだ。一亮が何も言わなかったのはそんな桔梗の心情を慮《おもんぱか》ってのことであり、桔梗がいつもの鋭い舌鋒で皮肉を返さなかったのも、早雪と過ごす最後のときを刺々《とげとげ》しいものにしたくなかったからだろう。

健作も口を閉ざした。この若者にすれば、少しでも明るく楽しい旅にしようと賑やかしの口火を切ったつもりだったのだが、桔梗がそういう気分でない以上、自分がおどけても苛立たせるだけだ。

――まあ、しっとりとした旅のほうがいいなら、俺はどちらでも構わねえよ。

そう、心の中で皆に呼び掛けた。

天蓋は一行の先頭に立ち、背後の連中の足取りに合わせることに気をつけながら、黙々と歩いている。

こたびは五人連れの旅ということで浅草寺から通行手形を受け取っていたから、奥州へ向かったときのように他人を装わずとも済む。それぞれの旅の目的は、天蓋は身寄りのない娘の扶育《ふいく》をしてくださるお山へ早雪を届けるため、そして桔梗らは同じお山に、信心で集まる衆生を楽しませる旅芸人として、いずれも浅草寺から差し向けられたものとなっていた。

なお、飢饉の最中ゆえ全員が念のための食糧を荷に加えているが、こたびは西へ向かう旅であるから、前回の奥州行きほど仰々《ぎょうぎょう》しい支度はしていない。

「白波が立っておるな」

天蓋が、左手に広がる大海原に視線をやって皆に告げた。

海辺にしてはさほど風があるとも思えないのに、大波が頭をもたげて白い飛沫《しぶき》が上がっているようだ。

「御坊。北斎《ほくさい》の、波間に富士の絵は確か、この辺りの海でしたっけ」

最後尾から健作が問うてきたのへ、顔だけ振り向けて天蓋が答えた。

「ほう、よく知っておるな。確か『神奈川沖浪裏《かながわおきなみうら》』とかいう題であったから、この海の沖のほうから陸《おか》を見た景色なのであろうな」

葛飾《かつしか》北斎の『富嶽三十六景《ふがくさんじゅうろっけい》』中、有名な一枚の話だ。

皆の目が、厚く垂れ下がる雲の下の海へと向かう。どこか己らの先行きを示しているような、不穏《ふおん》な景色に見えた。

間もなく本格的な梅雨に入ろうという季節でも、日の本一の幹線道路である東《とう》海道《かいどう》を旅する者は多い。全ての者が京までの長い道のりを踏破《とうは》するわけではないし、どのような天候であっても旅をしなければならない重要な用事を抱えている者も数多くいる。

そんな人々の中を、少々奇妙な取り合わせの五人連れは、多くの者に追い越されながらゆっくりと歩いていた。

一亮や早雪は元々口数が少ないほうだが、残る三人もあまり会話が弾まない。いつもなら一番賑やかなはずの桔梗が、一行の真ん中で黙《だんま》りを決め込んだままなので、天蓋や健作も話し掛けるのを遠慮しているのだろう。

静かな五人連れが黙々と歩いていると、どのような偶然なのか、前にも後ろにも人の姿が見えないところに出た。人が見えないだけでそれまでと全く変わらない風景に思えたが、大雨が降っているとでもいうならともかく、真っ昼間の東海道でこんなところのあるはずはない。

「桔梗、健作」

天蓋が、静かに呼び掛けた。すぐに反応したのは桔梗だ。

「ああ、判ってる。二度目だからね——それにしても、こんなとこまで出張ってくるとは」

つい先日、桔梗たちは同じような体験をしていた。水戸街道の新宿を過ぎた辺りのことである。今日はあのときほど気を張ってはいなかったが、同じような感覚に襲われれば即座に気持ちは引き締まった。

「もしかして、俺らを狙ってのことかね」

健作が、やや戸惑い気味の問いを発する。

芽を摘む気構えが整ったとたん、桔梗にいつもの強気が戻ってきた。

「どっちだっていいさ。どうせあたしらのやることは、ひとつっきゃないんだからね——一亮、早雪のことは頼んだよ」

素早く前へ出た一亮と入れ替わるように桔梗が下がる。幼い二人を、前方は天蓋が、後方は桔梗と健作が守る体勢ができた。

緩やかな風が、ほんの一瞬だけ皆の顔を撫《な》でていく。

水戸街道新宿では、草叢の中を芽吹いたモノが走りながら襲いかかってきた。本所小梅村では、柊の葉を得物にして攻める技を見せている。

——こたびは、どんな手を使うつもりだい。

何があろうとも、早雪と一亮だけは守ろうと決意していた。

「坊さん、どっから来るか判るかい」

桔梗の問いに、天蓋は「一亮はどうだ」と答えを振った。

宙に視線を上げ、じっと心を研《と》ぎ澄《す》まそうとしたが、触れてくるものがない。

「判りません」と言おうとしたとき、突然、まるで目で見たようにはっきりと相手の姿が浮かんだ。

「山のほう。雲の中――いや、雲と同じ色の風に紛れて、隠れてる」

天蓋、桔梗、健作三人の視線が西方の上空に向けられた。三人は山を向いて並び、背後に早雪と一亮を隠す。

「畜生、どこだい」

視線を左右に走らせ、目を凝《こ》らしても相手を見定められない桔梗が、歯噛《はが》みをした。

そのとき、ヒョウといううなりを上げて一陣の風が吹き過ぎた。

「来る!・」

一亮の警告が合図になったかのように、立て続けに風が五人を襲ってきた。連続する突風はそれぞれ一瞬で吹き止むが、砂やら土埃やらを巻き上げて叩きつけてくる。

「痛っ……」

健作が小さな呻《うめ》き声を漏らした。何かが当たったのか、左の頬にできた小さな傷からわずかに血が流れていた。

「今度は、柊じゃなくって笹の葉のようだぜ」

切られながらも、健作は相手の得物を見定めていたようだった。水戸街道新宿で天蓋が襲われたのと同じ物のようだが、風を使うモノが笹の葉でその仲間が柊なのか、あるいはその場で手に入る草木を武器とするからそうなったのか。

しかしいずれにせよ、これでは桔梗らには手も足も出ない。

「坊さん!」

桔梗の声に、天蓋が「任せよ」と応じた。

手にしていた錫杖《しやくじよう》を左脇に抱え、胸から提げた数珠《じゆず》を左手でまさぐりながら、右手で拝む。天蓋の読経が始まった。

「爾時無尽意菩薩即従座起偏祖右肩……」

委細《いさい》構わず、突風が吹きつけてきた。しかし、砂埃で灰色に染まり、内に何を秘めているのか見定めがたい風は、五人に近づくにつれて急速に力を弱めたようだった。

桔梗や健作に当たったときには、やや強めのそよ風ほどになっている。何枚かの笹の葉が、槍の穂先のように先端を向けて突っ込んできたが、勢いを失ってあっさりと躱された。これでは、たとえ触れたとしても掠り傷もつけられまい。

「仏告無尽意菩薩善男子若有無量百千万億衆生……」

天蓋の読経は続く。

一亮には、天蓋の誦す経文《きょうもん》の意味は全くわからないが、奉公先だった瀬戸物屋で初めて聞いたときや、水戸街道新宿で再び唱えられたときとは、言葉が違っているような気がした。

このとき、天蓋が誦していたのはやはり『法華経』だったが、以前に一亮が耳にした「第十二・提婆達多品」の部分ではなく、「第二十五・観世音菩薩普門品《かんぜおんぼさつふもんぼん》」(観音経《かんのんきよう》)へと切り替えていた。観世音菩薩(観音)は衆生をあらゆる苦しみから救済するとされ、「観世音菩薩普門品」には、火難水難などの災害や悪鬼羅刹《あっきらせつ》などの魔物から観音の功徳《くどく》により守られることが記されている。

すなわち天蓋は、「いかなる悪人でもいつかは必ず解脱《げだつ》して成仏《じようぶつ》し得る」ことを説いて芽吹きの力——敵の妖力の源泉を弱める代わりに、「観世音菩薩の功力《くりき》の前にはいかなる障りも払拭《ふっしょく》される」という念をもって、敵が仕掛けてくる攻撃そのものを直接的に叩きに出たのだった。

「観世音菩薩即時観其音声皆得解脱……芽吹きたるモノよ、戸惑うておるようじゃの。二度ともに同じ攻めを見せて、なおかつ二度目にはその風に乗って逃げていった。

それでこちらが迎え撃つ支度もしておらぬと軽《かろ》んじておったか、この虚《うつ》け者め。仲間を見捨てて独り逃げ出すような臆病者《おくびようもの》なれば、どうせその程度であろうな——それ、皆で嗤うてやれ」

僧侶が経を読む合間に姿を見せぬ相手へ放った言葉は、いつもの天蓋らしからぬ辛辣なものだった。

一段と強い風がビョウと吹いた。

「設入大火火不能焼由是菩薩威神力故……」

しかし、天蓋の読経に押し留められ、急速に力を失っていく。

ビョウ、ビョウ、と烈風が吹きつけてくるが、いささかも五人を揺るがせることはできない。風は間隔を開ける代わりに強さを増すが、それでも効果を及ぼせずにいた。

ようやく、さきほど天蓋がやろうとしたことが一亮の腑に落ちた。天蓋は相手を挑発《ちょうはつ》し、怒りのあまり我を忘れさせんとしたのだ。

「近づいてくる……」

一亮が、仲間内だけに聞こえるようにそっと囁いた。五人を襲っている相手は、いかに力を込めても己の攻撃が通じないため、距離を詰めることで効力を増そうとしているのだろう。

「若有っ、百千万億衆生為求金銀瑠璃硨磲碼碯……」

天蓋は声を高めた。さらに強さを増した風の力が、天蓋の読経によって打ち消されていく。

ゴゴウ。

業《ごう》を煮やしたように、五人へ向けて吹きつけてきた風が途中で方向を変え渦《うず》を巻いた。

「今っ」

一亮の叫びに合わせて、桔梗が手裏剣を旋風《つむじかぜ》の中心へ打ち込んだ。すかさず、健作も糸を放つ。

そのときには、渦の周囲の風が増していた。健作の糸は弾かれ、桔梗の手裏剣は届いたものの、相手の放った笹の葉同様、力を失い地に落ちた。

「ちっ、遠かったか」

不満足な結果に、桔梗が舌打ちした。

五人を攻撃していたモノは、桔梗や健作の反撃を受ける寸前、まるで危険を察知したかのように宙を後方へ飛び退《すさ》ったのだ。あるいは、芽吹きの力によって本能が研ぎ澄まされた結果なのかもしれなかった。

——また、互いに手詰まりかね。

桔梗が、内心の焦りを抑えながら打開の手立てを懸命に考える。相手がいつまで今の力を出し続けられるのかは知らないが、自分の得物は、やはり数に限りがあるままだった。

カッカカッ……。

嘲笑うかのようななうなりを響かせて、旋風がガクン、ガクンと鉤型《かぎがた》に、五人からさらにいくらか遠ざかる方向へと動いた。

——次はどんな手で来る。

桔梗は、袂の内で手裏剣を握りしめた。

四

五人が見守る中、一旦近づいてからわずかに遠ざかった旋風は、黒さと速度を増した。もはやそれは、旋風というよりは竜巻《たつまき》と呼ぶべきかもしれなかった。

――あれじゃあ、健作の糸はもとより、あたしの手裏剣も通じない……。

桔梗は歯嚙みをした。

「若復有人臨当被害称観世音菩薩名者……」

天蓋は懸命に読経を続けているが、竜巻を揺るがせるほどの力は発揮していない。「観世音菩薩普門品」は、相手が攻めてきたときには効いたが、己の周囲を固める策に出られると効力が薄いようだった。

竜巻はますます回転を増し、ついに五人へと向かってきた。

――近づきゃあ、坊さんのお経も効いてくんのかい。

ちらりと横の天蓋を見たが、確信あって読経を続けているのかどうか、表情から読み取ることはできなかった。

――ならせめて、早雪と一亮だけでも。

道からはずれて隠れろ、と言おうとした。そのため意識が後方へ向いたとき、何かが起こった。

ハッとして、すぐに自身の前方へ意識を戻した。すると――

桔梗らとは反対側から竜巻へ向かって飛来した二つの小さな黒い物体が、互いの後を追うように回転しながら渦の中へ呑み込まれていった。と、とたんに、竜巻を形作る風が急速に衰《おとろ》え始めた。

風がやんだとき、そこには一人の女が立っていた。

オオオオォン……。

女が、厚い雲に覆われた空に向かって吠《ほ》えた。

髪を「おすべらかし」にし、身に纏っている薄い衣は何枚も重ね着しているからまるで十二単《じゅうにひとえ》のように見える。しかし、髪をまとめている結び紐は藁《わら》であったし、身につけた着物も、毛羽《けば》立ってほつれが目立つ麻《あさ》や木綿《もめん》のようだった。

天蓋たちのほうを睨みつける目が、金色に燃え上がっている。

――これが、芽吹いたるモノの親玉……。

物乞《ものご》いが公家《くげ》の姫様をまねたような奇妙な姿に、思わず息を呑んだ。

すると、女の先で何か動くものが視野に入った。それは、立ち上がった若い男だった。

「霧蔵さん」

健作が驚きの声を上げる。こんなところに霧蔵が現れたなら、一人だけでやってきたはずがない。

「全く、驚かしてくれますねえ。先方から出てきてくれたのはいいけど、どうやって引きずり下ろそうかと手をつけかねてたら、そんなやり方がありましたかい。さすがは天蓋さまの小組だ、いろいろとためになりますよ」

「於蝶太夫。弐の小組が、なぜこんなところに」

本気で驚いているところからすると、天蓋も知らなかったようだ。

「なにね、出ろって命が下ったから出てきただけのことですよ——ここから先はあたしらで片付けますから、どうぞお気を楽にしててくださいな」

於蝶太夫は、恐れ気もなくズカズカと女に近づいていった。

女は金色に光る目を太夫に向け直し、無言で睨んできた。動こうとしたが、あまり体の自由が利かないようだ。

竜巻を止めるために霧蔵が投じたのは、二つの手車をつなげた物だった。手車は風の渦に呑み込まれ、間をつなぐ紐によって中心に在ったモノをグルグル巻きにしたのだ。女が霧蔵の手車によって縛られ、上手く風が操れなくなったために竜巻の回転も止まったのだろう。

「可哀想だけど、あんたはこの世にいちゃいけない。摘ませてもらうよ」

静かな声で引導を渡し、太夫は帯から二本の扇子を抜き出して左右の手に広げた。

オオオオォン……。

再び、女が空に向かって吠えた。まるで、慟哭《どうこく》しているかのように聞こえた。

於蝶太夫も同情を感じたのか眉を顰めたが、己の務めを忠実に果たそうとした。突っ立っているだけで抗《あらが》う術のない女に向かい、舞を踊るような所作で開いた扇子を一閃《いっせん》、二閃させる。

太夫の扇子が躍《おど》るたびに、女が切り裂かれた。

オオオン、オオオォン……。

着物が、体が裂かれるたびに、女は啼《な》いた。

襤褸襤褸《ぼろぼろ》になった女に止めを刺そうと、開いた扇子を高々と上げた太夫の手が止まった。振り下ろそうとして——なぜかハッとした様子になり、手を下せずに思い留まる。

オォオン。

太夫の扇子から逃れようとしてか、女が天蓋たち五人のほうへ体ごと向き直った。切り裂かれた着物の下から、無残な肌が曝け出されていた。

「！」

それは、天蓋や桔梗たちにとっても思ってもいない光景だった。

——孕《はら》んでる……。

女の腹は大きく膨らみ、臨月《りんげつ》を迎えているように見えた。それが判ったから、さすがの太夫も芽を摘む手を止めたのだ。

ウオオオォン……。

女が、さらに大きな叫び声を上げた。その響きが収まる前に——。

ドシャッ。

女の足元の地面に、音を立てて水溜まりができた。女が、大量の体液を放ったのだ。断末魔《だんまつま》の直前、女は破水したのだった。

「……」

女が体液をぶちまけたときに反射的に飛び下がった於蝶太夫は、言葉を失っていた。

「南無《なむ》観世音大菩薩《だいぼさつ》……」

天蓋も「観世音菩薩普門品」の読経をやめ、生まれ出ることのなかった命へ深い祈りを捧げた。

ぐらりと揺れた女は、それでも倒れなかった。金色に光る視線の定まらぬ目で、太夫がいるほうを見やる。

於蝶太夫には、今の女に手を下すことができなかった。

そのとき、女の足元に広がる水溜まりに異変が起きた。何かが、表面に湧いてきたのだ――いや、顕れたそれは水面で留まることなく、そのまま宙空へふわりと浮かび上がってきた。

数は、一つ、二つ……その後も続々と湧いてくる。

太夫も霧蔵も啞然《あぜん》として見上げる中、宙空に浮かんだお手玉ほどの大きさの物体は、ポウと微かな光を放ち始めた。光って輪郭が曖昧《あいまい》になったことで、小型の手鞠《てまり》ほどに膨らんだように見える。

「坊さん、あれはっ?」

桔梗の叩きつけるような問いに、茫然としたままの天蓋は自問自答するような呟きで答える。

「断末魔に水子《みずこ》を芽吹かせたか——いや、芽吹いたモノが孕む命は、すでに芽吹きたるモノなのか……」

「でも、あの数」

「二十二年前に五匹（本所小梅村）、十五年前に三匹（水戸街道新宿）生まれて育ったモノが、八年前には十数匹（向島百花園）まで増えていた——それがこたびは……すでにあのモノは、蟲《むし》や魚のごとく子を生《な》すように成り果てたか」

茫然と立ち尽くす桔梗や天蓋の視線の先では、人魂《ひとだま》や巨大な蛍《ほたる》のような光の球が、今や無数にユラユラと宙で揺れていた。

「太夫、危ねえっ。下がって！」

霧蔵が警告の声を上げたが、於蝶太夫はその場から動けずに女を見返すばかりだ。

太夫を見る女の目は、どこか視線が定まっていなかった。その目に、だんだんと憎しみと怒りが籠もってくる。女が、口を開いた。

「上ノ子モ中ノ子モ皆殺シニサレ、下ノ子ラハ生マレルコトスラ許サレナンダ——コノ恨《ウラ》ミ、全テオ前タチニブツケテヤロウ。子ヲ失ッタ母ノ苦シミ、ソノ体デ存分ニ思イ知ルガヨイ」

女の声に、宙に浮かんで揺れているだけだった光の球が、ゆっくりと太夫へ向けて動き出した。

「太夫、逃げてくれっ」

霧蔵が駆け寄りながら、両手から手車を投げつけた。霧蔵の手車は、竜巻を起こした女を縛るためすでに二つとも使われてしまったはずだが、小梅村で最後の一匹を斃したときに両方とも手離してしまったという前回の経緯《いきさつ》を重く見て、このたびは換えのひと組まで用意していたようだ。

放たれた手車は見事に光の球を捉えた――が、手応え一つなく通り過ぎた。手車に当てられた光の球は一瞬明度を落としたものの、すぐに元の輝きを取り戻した。

それでも、霧蔵は手車を放つことをやめようとしない。一瞬だけでも光の球が勢いを失えば、たとえほんの髪の毛一筋分であったとしても、太夫の救かる途が広がると信ずればこそだった――が、いかんせん光の球の数が多過ぎた。

光の球に取り巻かれ身に危険が迫ったことで、太夫も自分を取り戻した。

胸の前で開いた扇子を合わせると、「ハッ」と気合いを発した。

二つの扇子の間から、無数の小さな蝶が飛び出してくる。蝶たちは、竜吐水《りゅうどすい》

（当時の消火用ポンプ）から水が噴き出す勢いで宙に舞い上がると、それぞれ意志を持ったように、近くの光の球へと向かっていった。

しかし、太夫の蝶も霧蔵の手車と一緒であった。ヒラヒラと舞いながらも最後の瞬間には真っ直ぐ光の球に飛び込んでいった蝶は、そのまま何ごともなかったように光の中から抜け出るだけだった――いや、光の球を抜け出た蝶は、そのまま飛び続けはするものの、次第に力をなくし地に落ちていった。

「なら、こうだ」

太夫は両手の扇子を閉じると、その先を光る球へ差し向けた。

扇子の先からは水流が迸る――しかし、やはり扇子から放たれた水も、そこに何も存在していないかのように、光の球を虚《むな》しく突き抜けるだけだった。

「坊さん、なんでっ？」

本所小梅村では、襲いかかってくるモノをあれほど強《したた》かに打ちのめした蝶や扇子の液体が、なぜこたびは全く通用しないのか、桔梗には訳が判らなかった。

焦る組子の耳に、天蓋の声が冷徹に響いた。

「おそらく、あれは水子そのものではなく、芽吹きたる水子の霊。実体を持たぬがゆえに、太夫の蝶も水も、霧蔵の手車も効かぬのであろう」

「それじゃあ逆に、太夫たちへ害を与える力もないんだよね？」

期待を籠めて訊いた桔梗に天蓋は答えようとせず、ただ自分の目の前の状況を見つめるばかりだった。

太夫は後退《あとずさ》ろうとして――すぐに思い直し足を止めた。後退せんとしても、すでに周囲を完全に囲まれてしまっていた。

太夫の廻りでフラフラと宙に浮いていた光の球の一つが、不意に太夫へ向かって落ちてきた。

躱そうと思えば、太夫は簡単に躱せたはずだ。しかし、多くの球が同時に落ちてきたときには避けようがないことを見越していた太夫は、まだ一つだけのうちに身に受けることで、襲い来る球にどれほどの威力があるかを試そうとしたのだった。

光の球が、太夫に当たってくる。太夫は避けきろうとせず、一部が体に触れるのを許した。

光の球が、太夫の脇腹を掠めて抜ける。

「あれ」

於蝶太夫が上げた声は、驚きだったのだろうか。それともこれから起こることを察知しての、諦めだったのだろうか。

太夫の右の脇腹は、ちょうど光の球が抜けていったとおり、半円形に欠けていた。

グラリとよろめきかけた太夫は、何とか一歩足を引いて踏ん張る。いまだ立っている光の球を産んだ女を、霞《かす》みかけた目で見据えた。

——せめて、相打ちに。

そう願ったが、女を取り巻く光の球の数は、自分の周りに浮かんでいるよりもずっと数が多そうだった。

「駄目かね……」

そう呟いた太夫に、いっせいに光の球が降り注いでいった。

「太夫っ！」

霧蔵が、必死に己の小組の小頭の下へ駆けつけんとしていた。それまで光の球に遮られてなかなか前へ進めなかったものを、太夫が倒れる光景を見てからは強引に前進しだした。

両手で操る手車も、まともに狙いを定めることなく手当たり次第に放ちまくる。

しかし、手車が当たっても、やはり光の球はわずかな間明るさを減ずるだけだった。やがて、手当たり次第に放ったため手車に打たれなかった光の球が、霧蔵と手車を結ぶ紐に触れた——紐は切れたのか。それとも太夫の体同様に、光に包まれた部分がそのまま失せたのだろうか。

制御をはずれた手車は、あらぬほうへ飛び去っていく。左手に残った最後のひとつも、間を置くことなく同じ運命を辿った。

それでも、霧蔵は前進をやめようとはしなかった。

「太夫っ」

己から光の球へぶち当たるように真っ直ぐ太夫のところへ向かう。右の臂《ひじ》から先が飛び、左手の指が全て散らばった。

次の一歩を踏み出したとき、その場に膝から下の左足が残された。

「たゆ——」

最後まで呼び掛けられなかった霧蔵が、地に沈んだ。

弐の小組の最後の一人である米地平は、於蝶太夫や霧蔵が賢明に闘っている間も斃れた後も、大地に隠れ潜んだままずっと恐怖に身を震わせていた。

五

金色に目を光らせる女の顔が、茫然と立ち尽くす天蓋ら五人のほうへ向いた。いつの間にか、女を縛《いまし》めていた霧蔵の紐は断ち切られていた。

「後ハ、オ前ラダケ……」

女はその場から動かなかったが、宙に浮かぶ光の球が、そよ風に吹き寄せられるように五人のほうへ漂いだした。

「御坊……」

健作が、掠れた声で天蓋に呼び掛けた。於蝶太夫の蝶や放水も、霧蔵の手車も効かない相手には、自分の糸も桔梗の手裏剣も、無力なのが明らかだった。

「やれることをやるのみ」

天蓋の声は呟くように小さかったが、肚を据えた強い言葉に聞こえた。

さっと振り返った桔梗が、背後の二人にきつい声で申しつける。

「あんたらは隠れてな。いいかい、何があっても決して出てくるんじゃないよ」

桔梗の指図は、「もし自分らが何もできなくとも、盾になって早雪と一亮を守る」という宣言だった。口を開きかけた一亮だったが、桔梗の厳しい目を見て考えを変えた。

——吾や早雪が共にいても、足手纏いになって、桔梗さんたちが存分に闘えなくなるだけ。

自分にそう言い聞かせ、早雪の手を引いて道からはずれた斜面へと足を踏み出した。

しかし、さらに遠くへ逃げようとはせず、二人して道の陰に隠れる格好で蹲《うずくま》った。

桔梗は正面へ顔を戻す前に、二人がすぐそばに留まったことを視認したはずだが、何も言ってはこなかった。この場にいても、子供の足でいける程度の遠くに離れても結果は同じ——そう判断したのだろうと思われた。

桔梗たちからわずかに離れて物陰に伏せはしたが、状況が気にならぬわけがない。一亮は自分が「隠れろ」と言われたのを失念し、斜面から身を乗り出すようにして戦況を覗った。

「！」

一亮が見上げた視界には、空一杯隙間なく光の球が広がっていた。数は無数。

それが、自分たち——そして自分たちの前に立って盾となる三人にゆっくり近づいてくる。

「若三千大千国土満中夜叉羅刹欲来悩人……」

天蓋は、再び「観世音菩薩普門品」を誦し始めた。しかし、効果が薄いことは背後から見ている一亮の目にもはっきりしていた。

天蓋の読経により、ある程度距離を縮めた光の球は、何かに引っ掛かったように速度を落とす。そうして、後ろから元の速度で近づいてくる光の球を加えての滞留《たいりゆう》が始まった。

ところが、押し寄せる光の球の数があまりにも多過ぎた。滞留している光の球の群れに、後ろから次々と新たな光の球がぶつかってくると、最前列で速度を落としていた球が後ろから押されて再び前進を始めたのだ。

天蓋の読経は光の球の到達をいくらか遅らせているだけで、やがてそれらは皆の上に殺到してくる。そして到達を遅らせた分、落ちてくるときには土砂《どしやぶ》降りの雨のように一度に降り注いでくるはずだった。

ケタケタケタケタ……。

光の球の向こうから、笑い声が聞こえてきた。無数の光の球を産み落とした女の、勝利を確信しての歓《よろこ》びの哄笑だった。

——何とかしなきゃ。でないと、於蝶太夫や霧蔵さんだけでなく、皆がやられてしまう。

次々と数を増し、ヒタヒタと迫ってくる光の球を見つめながら、一亮は焦りを募らせた。思うばかりで、自分にできることなど何もありそうにない。

奥州の地では奇跡のような出来事が起こったが、あのようなことがそうそう何度も繰り返されるはずがないのだ。

と、何かが己の肩に触れた。隣にいる女の子の手だということはすぐに判る。

——こんなときに。

そう思いながら見やれば、ジワジワと押し寄せる光の球などには目もくれず、早雪が自分のほうをじっと見ていた。

——早雪……。

そういえば、あの光の球を産み落とした女が顕れる前、どこにいるのか問われて皆目《かいもく》見当がつかなかったのに、急に視界が開けたように居場所を察知できた。

——あのとき、桔梗さんと場所を入れ替わった吾に、早雪は手をつなぐことを求めてきた。

——ならば、あるいは。

両手を斜面について乗り出すようにしていた体を立てた。すると、何かが胸に当たった。視線を下げる。

首から提げていた土笛が、斜面の下に急いで降りたり、四つん這いのようにして道の先を見たりしているうちに、いつの間にか懐《ふところ》から飛び出していた。それが、体を起こした反動で胸に当たってきたのだった。

——土笛。太夫さんに買ってもらった、土笛。

手に取った。素焼きの暖かみのある手触りが、どこか太夫の笑みに似ているような気がした。

——やれる。いや、やらなきゃならない。

視線を早雪に移す。早雪は、ずっと一亮がやることを見ていたようだった。

正面を向き、顔を上げる。右手に持った土笛を唇に当て、左手は下げて早雪のほうへ差し出した。

早雪が、握り返してくる。一亮は、祈りを籠めて土笛に息を吹き込んだ。

ポゥポゥポゥ、ポゥポゥポゥポゥ。

自分たちの破局が刻々と迫るのを為す術もなく見ていた三人の背中から、のんびりとした笛の音が響いた。

――一亮？

絶体絶命の窮地に陥った中での思いも掛けぬ振る舞いに、桔梗は大いに驚き後ろを気にしたが、それでも目の前の光の球の群れから目が離すことはできなかった。

ポゥポゥポゥ、ポゥポゥポゥ。

何のつもりか、一亮は笛を吹くのをやめようとはしない。その間にも、光の球の隊列はジワジワと三人に迫ってくる。

ポゥポゥポゥ、ポゥポゥポゥ。

そのとき、異様な感覚が桔梗を襲った。

――この感じは！

かつて覚えたことのある感覚だった。

ポゥポゥポゥ。

オウオウオウ。

土笛の音の反響だけが、重複されて二重に鳴り響いた。

ポウポウポウ――オウオウオウ。

ポゥポゥポゥ——オゥオゥオゥ。

すると、目の前で壁になるほどに積み重なり、溜まっていた光の球に変化が生じた。

まず、他の光の球の下になった球が、重みに耐えかねたように沈下し始めた。他の光の球も、先に落ちた球の後を追うように浮力を失いつつ降下していく。

三人が唖然として声もなく見ている前で、まるでときの流れがゆっくりになった中で滝が雪崩《なだ》れ落ちるように、光の球の群れが次々と地に落ちては消えていった。

オオオオオ。

いつの間にか笑うのをやめていた女が、呪詛《じゅそ》の声を上げた。ついに自ら、天蓋らのほうへ向かってこようと一歩踏み出す。

そのすぐ後方に、別の影が立った。

「太夫……」

顔も体も血にまみれ、見る影もない襤褸襤褸の姿だったが、確かにそれは於蝶太夫だった。

金色の目をした女が、後ろの気配に気づいたようにハッと動きを止める。その背に、太夫は寄り添った。

ビクンと、金色の目の女の背が反《そ》った。太夫が背後から、女に何かを突き入れたようだった。

「可哀想に、子供をみんな亡くしてしまったのね。でも、もういいでしょう。少なくともあなたは、子供を産んで育てる喜びを知ったんだから。その思い出を胸に抱いて、子らと一緒にお逝《い》きなさい。そんな嬉しさを知らないあたしだけど、一人も迷子の出ないように、一緒についていってあげるからね」

ワナワナと口を動かし、それでも声を出せず、女は力尽きて太夫に身を預けた。ズルズルと、女の体が滑り落ちていく。

太夫は、静かにそれを見下ろした。

女が地に倒れ伏すと、太夫は視線を天蓋たちのほうへ向けてきた。

すでに立っているのが精一杯で、もはや物が見えているのかどうかも判らないが、太夫が自分に視線を向けていることを一亮ははっきりと悟っていた。

――吾が、もう少し早く、もう少し早くにこうできていれば。太夫も霧蔵さんも、死なせずに済んだのに。

一亮の胸は、後悔で一杯になっていた。

於蝶太夫はうっすらと微笑《わら》い——そしてそのまま頽《くずお》れた。

——悔やむことなんてない。一亮ちゃんは、よくやったわ。

一亮の目には、力尽きる寸前の太夫が、笑みを浮かべたまま微かに首を振ったのが見えた。

六

天蓋ら五人の一行は、その場で旅を取りやめて道を返した。浅草寺奥山に戻った天蓋は、「太夫と霧蔵の遺骸回収」を耳目衆と交渉するよう桔梗と健作に命じ、自身は評議の座への報告に向かった。

その夜、評議の座の臨時会合が呼集《こしゅう》された。「いったい何ごとか」と不安を覚えつつ集まった各員に告げられたのは、予測をさらに大きく超えた驚天動地《きょうてんどうち》の出来事だった。

「弐の小組が壊滅《かいめつ》した？　まさかに！」

報告を冷静に受け止められた者は、一人もいなかった。

事情が事情であり、非常時の措置《そち》として天蓋が会合の場に呼ばれ、ことの顚末《てんまつ》をつぶさに語った。証言を終えた天蓋は退出を求められ、再度の召喚《しようかん》に備えて別室で控えることを命じられる。

天蓋が出ていくまでの間、しばし会合は中断した。

「しかし、それにしても……弐の小組が、なぜに……」

一座のとりまとめを補佐するほどに重要な役目を担う、宝珠までが取り乱していた。

「そればかりではありませぬぞ。問題は、なぜに東海道などというこれまでとは全く違った場所で、あのモノが顕れたか、ということです」

厳しい声を発したのは、知音だった。知音は最初に天蓋から報告を受け、万象に報せてこの臨時会合の開催を促していた。

宝珠は疑義を唱える。

「そのようなこと……その顕れたるモノというのは、結局摘まれたのであろう？　なれば、まず我らが考えねばならぬのは、弐の小組がなくなった後をどうすべきかという、対処であろうが」

「確かにそれが一番の大事。しかしそのためにも、あのモノがなぜにあの場に顕れたかを突き止めておくのは重要なのです」

「どういうことか」

「天蓋の報告からも明らかなとおり、こたび顕れたるモノは、水戸街道新宿と本所小梅村で他のモノらとともに芽吹きを見せ、おそらくは向島における三件の芽吹きにも関わっておりまする――いずれも、川向こうの北方。しかしながらこたび顕れた東海道神奈川宿近辺は江戸より南南西《ひつじ》の方角、全くかけ離れた場所となります」

「ひとつ前の本所小梅村では、危うく摘まれそうになりながら逃げたと申すではないか。ゆえに、場所を大きく変えたのではないか」

「お言葉にござりますが、そのご判断は間違っておりましょう。なぜならば、こたび彼のモノは、明らかに天蓋らの一行を目指し襲ってきたからです。我らとの闘いを避けて東海道へ移ったならば、そのようなまねは致しますまい」

「移った先で偶々天蓋らが通りかかったのを見て、怒りが抑えられなくなったのであろう」

「さようにございましょうか。宝珠様のご説は、愚僧には偶然が過ぎるように思えますし、また憶測に多くを頼りすぎているようにも感じられまする」

「では、何だという」

知音は、ズバリと言った。

「彼のモノは、天蓋らを狙って襲って参った。しかも状況を考えれば、最初から天蓋らがあの場を通ると知っていて、待ち伏せておった――そう考えるのが、一番筋が通ると判断しております」

「まさか。芽吹いたモノに、そのようなことができるのか」

「芽吹きたるモノの中には、普段はそこいらの人と変わりなく過ごせるような存在もある――それは、宝珠様もよくご存じのはず」

「じゃが、普通に暮らす人と同じであっても、我らのことを知る術はあるまい」

こたびの一連の芽吹きで顕れたるモノは、水戸街道新宿において孤独な旅人のみを選んで襲うという狡知《こうち》を見せた。おそらくは、旅人当人の孤独感や逃走心理などを読み取って行ったことだろう。

しかしながら、目の前にいる者の心理を外見の観察や精神の感応によっておおよそ読み取る才と、遠くにある存在の動静をきわめて正確に把握する能力は全く別なものだ。こたび顕れたモノの今までの行動を見る限り、そこまでの能力を有していたとはとうてい考えられはしない。

知音は、宝珠の疑問に頷いて同意を示した。

「確かに――誰かによって、報されれば別にございますが」

「！――誰か、芽吹きたるモノに我らの動静を知らせた者がおると申すか」

知音の話は、この場に招集された皆にとって衝撃だった。多くの者の目が、一方に向かう。その先にいるのは、このごろ常に知音と対立し、天蓋らの小組を邪魔者扱いしてきた樊恵だった。

樊恵は、知音と宝珠のやり取りを無言で見ている。その顔からは、いっさい感情を読み取ることができなかった。

一座の取りまとめ役の万象は、口を挟むことなく知音と宝珠が問答するに任せているようだ。

宝珠の衝撃的な問いに対し、再び知音が口を開いた。

「残念ながら、それが最もあり得そうな答えにござりまするな」

「しかし、もしそうだとして、いったい誰が……まさか樊恵、そなたが!?」

全員が息を詰めて見守る中、樊恵は無言で宝珠を見返しただけだった。

「樊恵、そなた――」

樊恵を断罪しようとした宝珠に、知音が言葉を被せる。

「お早まりくださいますな。これまでの経緯《いきさつ》からすれば、樊恵様を疑われるのにも確かに一理はございますが、樊恵様には芽吹いたモノに、天蓋らの動静を伝える手立てがございませぬ」

「では、誰だと?」

知音は、この問いに一拍おいてから応じた。

「それを確かめるための材料と致したく、宝珠様にお伺いしたきことがございます」

「拙僧に?　で、いったい何が訊きたい」

「彼のモノが本所小梅村より遁走《とんそう》した後の行方については耳目衆に探らせておりましたところ、宝珠様からのお指図によりいったん差し止められたと聞きましたが」

話が食い違えば当の耳目衆が呼ばれたであろうが、宝珠はすらすらと知音の問いに答えた。

「さよう。耳目衆の手が足らぬようになっておるのはそなたも知るところであろう。天蓋らを江戸より出した後、例の町方同心に張り付けておる耳目衆を本来の役目に戻せたところで万全の体制に組み直し、逃げたモノの探索を再開させるつもりであった」

「それはまた、悠長な。我らに追われたモノが、川向こう北方より逃げ出すやもしれぬとお考えであった宝珠様が、そのようなご判断を?」

「『逃げ出すやも』というのは、そなたが『全く違うところに顕れた』と申したゆえ、この場でただ思いついたことを口にしたまで」

「なるほど――では、逃げたモノの探索に当たっていた耳目衆が、宝珠様から差し止めのお指図を受ける前に、ほぼ相手の潜みたる場所を突き止めておったことは。宝珠様はその耳目衆よりだいぶん詳しく場所をお訊きになったそうですから、どれほどまで絞られたかは十分理解されておられたでしょうに。

そこまで探索が進んでおったなれば、まずは芽を摘んでしまうことこそ先決ではござりませぬのか」

「そなたの申したとおり、ほぼ絞られてはおったが、それでも確実とまでは言えなんだ。町方同心に張り付いておる者を引き上げさせ、しっかりと居所を突き止めた上で芽を摘まんと考えたまで」

「ほう。万全の体制と言うなれば、町方同心に張り付けておる耳目衆を呼び戻すよりも、天蓋らも江戸におるうちに始末をつけたほうが、より万全ではありませなんだのか」

「天蓋の小組など、壱の小組と弐の小組が揃うておれば、いてもいなくても同じであろう。むしろ、あの早雪とか申す小娘を江戸に置いておくほうが、よっぽど危ういわ」

「なるほど、それこそ宝珠様が、天蓋らの小組を早々に排除せんとした真意にござりますか」

宝珠は、知音をジロリと見た。

「排除？」

「江戸から出さんとした、ということにござりますよ」

「そなた、何が言いたい――知音よ、これは何かの。拙僧が、疑いを掛けられておるということか？」

「わずかでも疑わしきことが残っておりますれば、評議の座のとりまとめを補佐する宝珠様ご自身のお為《ため》になりますまい。あと少しだけですので、今しばらくのご辛抱を」

宝珠は不満を隠さぬ顔を万象に向けたが、一座の長が庇う気はないと知って、厳しい表情で正面に向き直った。「己を含め、上に立つ者ほど厳しく律されなければならぬ」と考える万象ならばこうであろうと、自分に言い聞かせる。

知音は、己より上の立場にある者の抗議を気に留めるふうもなく先を進めた。

「ところで、弐の小組を東海道へ差し向けたのは、宝珠様にござりますな。なぜにそのようなことを？」

己が問い詰められている今の状況に我慢がならず、宝珠は明らかに不機嫌そうに返答した。

「水戸街道新宿では万象様が弐の小組を、本所小梅村では知音、そなたが天蓋の小組を同じように向かわせておろうが。芽吹きの疑いあるゆえ出したまで」

「先ほど宝珠様は、彼のモノがどこに逃げたか判ったものではない、というお話をされたように存じますが。あれは、愚僧の聞き間違いでしょうか。それとも、宝珠様は彼のモノ以外の芽吹きをどのようにしてか察知されていたということにございましょうか」

「天蓋らのため、万が一のことを思って途中まで弐の小組に陰供《かげども》をさせていただけだ」

「護《まも》られる小組の小頭たる、天蓋にすら知らせずに？」

「天蓋が知れば、動きにわざとらしさが出かねぬ。それでは芽吹いたモノに感づかれてしまうやもしれぬからの」

この返答に、知音は黙した。追及はこれで終わりかとほっとしかかった宝珠に、ようやく知音は次の言葉を放った。

「おかしゅうございますな」

「おかしい？　何がじゃ」

「弐の小組は壊滅致しましたが、全員が命を落としたわけではありませぬ。ただ一人生き残った組子は、小頭の於蝶太夫からこのように言われていたそうですぞ――『芽吹いたモノが天蓋の小組を襲うが、天蓋らが斃されるまで我らは出るなと命ぜられた。しかし、おなじ討魔の仲間を見殺しにはできぬゆえ、危ういと思ったときには構わず出る』と」

生き残った者とは、無論米地平のことだ。闘いの間中隠れ潜んだままだった米地平は、掠り傷ひとつ負ってはいなかった。

宝珠は驚きの表情を浮かべた。それは、弐の小組に生き残りがいたと知らされたためか、己の指図が歪められて伝わったと知ったからか、それともあるいは、於蝶太夫が指図を承りながら従う意志がなかったことにか――。

宝珠は大きく息を吐き出して気を取り直すと、落ち着いた声で答えた。

「その組子、どのような者か知らぬが、まともなことを話すと信じられるのか。評議の座の取りまとめ役補佐たる拙僧よりも、その組子の言うことのほうが、信用できるとそなたは申すか」

「なればお伺い致します。宝珠様がこたび弐の小組をお出しになったのは、愚僧が天蓋の小組を独断で出して厳しく咎《とが》められた、すぐ後にございますな。にもかかわらず、宝珠様は万象様にひと言のご相談もなく、また出された後も全くお報せせなんだのは、いったいなぜにございますか。いつも慎重な宝珠様のお振る舞いと、ずいぶんと異なっておるように、拙僧には見えるのですが」

この問いに宝珠は、ようやく己の非を一部認めた。

「……万が一を考えて出しただけゆえ、軽く考えておった。今思えば、万象様にはお報せ――いや、事前にご相談申し上げるべきであった」

知音は畳みかける。

「宝珠様。弐の小組が壊滅したという話をお聞きになったそなた様の驚きようは、常のそなた様がお見せになる沈着冷静な態度とは、大きく異なっておりました。そなた様が出したお指図を、弐の小組の小頭があえて破ろうとしたと耳にされたときも同じ。

それは、『芽吹きたるモノが東海道で天蓋らを待ち伏せた』と愚僧が申し上げたときよりもずっと大きなものでしたぞ――それでもそなた様は、弐の小組の組子が申したことは出鱈目《でたらめ》であるとおっしゃいますのか」

半ば目を瞑ったまま双方のやり取りをじっと聞いていた万象が、ここで己の補佐役に視線を向けた。

「宝珠、そなたは儂《わし》に、それを信ぜよと申すか――弐の小組の組子でこたび死んだ霧蔵は、常に両手で操る得物の他に、予備を二つまで用意して東海道に向かっておった。これは、万が一芽を摘む場に当たったときの備えなどという支度ではない。芽を摘むつもりの場に、しかも相当の覚悟をもって臨《のぞ》むときのものじゃ」

宝珠は口を開きかけ、思い直して言わんとしたことを呑み込んだ。知音や他の者相手ならいくらでも方便を使うが、万象相手に嘘をついたり誤魔化したりすることは完全に己の本意からはずれていた。

「早雪をこの江戸に残しておいては――いや、この世に生かしておいては、どのような災厄が降りかかってくるか知れたものではございませぬ。たとえいかなる手立てを用いようとも、除くに如《し》かずと心に決めましてござりまする」

宝珠の告白を耳にした知音は、静かに問うた。

「天蓋の小組を犠牲にしてでも、ですか」

「一亮なる小僧も、早雪の同類。一度に滅ぼせるならば、それに越したことはない」

「結果、そなた様は弐の小組を潰しておしまいになった」

淡々とした言葉が深く心に突き刺さった宝珠は、キッと知音を睨んだ。

「於蝶太夫が拙僧の指図さえ守っておらば、このようなことにはならなんだ」

「そうでしょうか――あのような経緯を辿らねば、早雪と一亮の力は発動せず、確かに天蓋の小組は壊滅したでしょう。しかしながらその後に、弐の小組はあのモノを摘めたでしょうか。

愚僧には、弐の小組と天蓋の小組、二つの小組を一時《いちどき》に失ったであろうとしか思えぬのですが」

この意見には、宝珠はひと言も言葉を返さなかった。

万象が、おもむろに口を開く。

「宝珠。そなたの振る舞いは僭越、傲慢にしてかつ独善《どくぜん》。評議の座を蔑ろにしたる行為の数々、決して赦されるものではない。

よってそなたを評議の座よりはずし、即座のお山入りを命ずる――さあ、宝珠を連れていけ」

この場合のお山入りは、お山において一生涯に亘る厳しい修行が課せられることを意味する。当時の一般社会で言えば、島内では原則自由な活動が認められ、場合によりご赦免《しやめん》もある遠島よりも、無実が証《あか》されでもしない限り釈放が認められることのない、永牢《えいろう》に相当する処分であろう。

一座の末席から数人の僧が立ち上がり、宝珠に近づくと両側から抱え上げた。

「万象様。拙僧は、我がことのために決まりを破ったわけではありませぬ。そうせねば危ういほどに、事態は切迫しておりましたゆえ。お判りください、どうか我が真意を、万象様……」

懸命に訴える宝珠は、そのまま引きずり出されていった。

「今日の会合は、これまでかの」

重い沈黙に包まれる一座を見回し、万象が疲れた声で宣した。

七

「おぅい」

宝珠が単身、風に乗って逃げたモノの住処と思われる虚《うつろ》に向かった日。

何度目かの懸命な呼び掛けに、生臭い風とともにようやく応答が返ってきた。

「我ヲ呼ブハ何者ゾ」

地の底から湧き出してきたような、低く耳障りな響きだった。

芽吹きたるモノと意思の疎通《そつう》が図《はか》れるという目算が立っていたからこそ、宝珠は単身こんなところまでやってきた。「芽吹きたるモノの中には、普段はそこいらの人と変わりなく過ごせるような存在もある」——後に、宝珠を弾劾する知音が述べることになる言葉だ。

実際、一亮なる小僧を連れ帰ってきた宮益町での芽を摘む業において、天蓋らは芽吹いたモノら相手に会話を交わしたという。そして奥州根張村では、神主に扮《ふん》した鬼は村の者どもを説き伏せて、己の意のままに操っていた。

——なれば、小梅村において弐の小組を罠《わな》に掛けるような謀《はかりごと》を巡らすほど知恵が回るモノが相手であるからには、話をすることぐらいはできるはず。ましてや己は、万象様に次ぐ地位を得るだけの厳しい修行をこなしてきた身。芽吹きたるモノとの感応ぐらい、容易にこなせよう。

これが、宝珠の目論見だった。それでも、不意に襲われるような目に遭わされることなく返事がよこされたという事実に、宝珠は内心、大いなる安堵を覚えていた。

宝珠は、己を励ましながら相手の誰何《すいか》に答える。

「そなたの大事な仲間を殺した憎き者どもの、行方を知る者よ」

「……ト申スハ、坊主デハナイカ。サテハ、我ヲ騙シテ討チ取ラントノ企《たくら》ミカ」

目の前の土の盛り上がりに空いた虚からは、生臭い風ばかりではなく強い殺気まで溢れ出してきた。

「待て、早まるな。今、拙僧を殺さば、そなたの仲間の仇を討つことができぬようになるぞ――殺さんとするは、話を聞いてからでも遅くはあるまい。まずは、我が話を聞け」

「……話シテミヨ」

宝珠は、翌日早朝に東海道を西へ向かう五人連れが、生き残ったモノの仇であるとしてその人相風体《にんそうふうてい》を語った。

「オオ。ソノ五人ノウチ、幼キ娘以外ノ四人ニハ憶エガアルゾ」

宝珠は己の思惑が上手く運ぶように強調する。

「そうであろうが、しかし実際には、そなたの知らぬ幼き娘こそ最も重要」

「タカガ小娘ガカ」

「その娘こそ扇《おうぎ》の要《かなめ》。他の四人を全て斃したとて、娘を残せばまた、そなたや仲間の命を奪いにくる者がすぐに現れよう」

「ヨク判ラヌ話ジャガ」

「そなたらとて、我らにはよく判らぬ力を得ておろう。そのような者が、こちらにもおるということよ」

「ソレヲ、仲間デアルハズノオ前ガ、ワレニ売ルト？」

「あの娘の力は、あまりにも大きすぎて、早晩《そうばん》我らの手に負えなくなる――なれば今のうちに、そなたの手に掛かって果てたほうがよいのじゃ」

「……ナルホドノ。討魔ノ中ニモ、仲間割レハアルカ」

宝珠は愕然《がくぜん》とした。

「そなた、なぜその呼び名を」

「オ前ノ申シタトオリ、我ノ仇ゾ。知ッテオッタトテ、オカシクハアルマイ――サテ、デハ聞キタイコトハ聞イテシモウタユエ、オ前ニハ死ンデモラオウカ」

「待て。拙僧を殺せば、仇は討てなくなるぞ」

「ドウイウコトダ？」

「拙僧が帰らねば、寺は大騒ぎになる。警戒も厳重になろう――そなたが狙う五人も、旅は取りやめになり寺の警護へ従事することとなろうぞ」

「……ユエニ、生カシテ帰セト」

「もし仇を討ちたいのであれば、な」

知音は、このモノが復讐のために新たな芽吹きの場を段取って罠を張ったと言っていた。ならば、己を殺すよりも確実に仇を討つほうを優先させるはずだった。

「……判ッタ。オ前ハ見逃シテヤロウ。我ガオ前ノ命ヲ奪ウコトハ、今後モナイト約束シテヤル」

「おお、是非にもそうしてもらおう――では、拙僧は帰るぞ。さらばじゃ、そなたの大願が見事成就《じょうじゅ》するのを陰ながら祈っておるぞ」

宝珠は言い終わるやいなや背を向け、足早にその場から立ち去った。

「仇は確かに討たせてやる。その後は、摘まれてもらうがの」

灌木《かんぼく》の密生を抜けるために派手な音を立てながら、宝珠は上機嫌で呟いた。

――仇を討ったつもりで上機嫌になっているところを、本当の仇である弐の小組に始末される。

芽吹いたモノには、無様な死に様こそ相応しかった。

宝珠の顔には、我知らず笑みが浮かんでいる。胸の内に浮かべているのは惨《みじ》めに死んだ鬼の姿ではなく、大事に育ててきた小組が潰えたことに顔色《がんしょく》を失う知音の狼狽《ろうばい》ぶりだった。

――知音などに、大きな顔はさせぬ。

己の心の奥底にある冥い感情を、宝珠はどこまで自覚していただろうか。

宝珠は、ここ最近の評議の座における議論のあり方に、大きな違和と危惧を感じていた。

――こんなものは、我が求める評議の座の有りようではない。

宝珠にとっては、万象の采配の下で皆が協調しつつ話し合いを進めていく場こそ、評議の座の本来あるべき姿だった。しかるに今は、樊恵が暴言を撒き散らしては座を荒らし、知音は皆が思いも寄らぬことを言い出して議論を掻き回している。

特に赦しがたいのは、知音のほうだ。知音など、ほんの数年前にようやく評議の座に参加を認められたばかりの新入りに過ぎないのだから、勝手な発言は控え、謹《つつし》んで皆の話を拝聴しているべきなのだ。

——それを、あの男は。

己が密かに知音へ向ける怒りや反感が、心の深淵《しんえん》に蟠《わだかま》る恐れと嫉妬に由来する感情であることを、宝珠は気づいていただろうか。

評議の座が以前と同じ様態を保っている限り、万象の次の取りまとめ役は、当然のごとく己に回ってくるはずのものだった。だが、今の評議の座の有りようを見ると、まるで樊恵と知音の二人が立者《たちもの》（主演俳優）で、万象までが引き立て役に回らせられてしまっているようだ。

——樊恵が、己に成り代わることはない。

あれほど歯に衣《きぬ》着せぬもの言いを続けている男なれば、樊恵に皆から人望が集まることはない。もし仮に万象の後釜《あとがま》に座れたとしても、それはほんの短い間に過ぎなかろう。

しかし、知音は違った。知音には、己とは完全に異質な、理解などとうていできぬ怖ろしさがある。その知音が評議の座を主導するような立場に就いたとすれば……考えるだにおぞましいことだった。

あれほど出しゃばりで、傍若無人《ぼうじゃくぶじん》に己の主張を吐き散らす男が、皆の上に立つことなどまずあり得ない。そうした判断に、宝珠は自信を持っている。

——しかし、たとえそうであっても、知音を取りまとめ役とせざるを得ないような状況が出現したならば……。

そのときこの世は、地獄の様相を呈しているであろう。そして実際に今、世界は疑いようもなく魔の出現へと向かいつつあるやに思える。

自分らを取り巻く事態の悪化へ必死に対応しようとしている知音が、世の中を、そして評議の座を、己の望む方向へ強引にねじ向けんとしているように、宝珠には思えていた。今の宝珠には、評議の座で警鐘《けいしょう》を鳴らし続ける知音が、魔を招来《しょうらい》すべく着々と手筈《てはず》を整えているとしか見えなくなっていたのだ。

——知音を止めさえすれば、評議の座は元の有りように戻る。

いつの間にか、宝珠の心にはそんな信念すら芽生え始めていたと言えるのかもしれない。

宝珠は、己が大きな仕事を成し遂げたという充足を覚えながら、虚のある林を背に道を戻り始めた。

一方、虚の中では、ただ一匹生き残ったモノが己の思いに耽《ふけ》っていた。

「ヤハリコノ塒《ねぐら》モ、気ヅカレテイタカ……」

しかし、すぐにも次に向かうべき先が示されたとなれば、惜しむ気持ちはない。

「討魔ノ者ドモ、イズレハ皆殺シニシテヤロウゾ。我ニ吉報《キッポウ》ヲ届ケテクレタ坊主、ソナタモナ。

タダシ、礼トシテ約束ハ守ッテヤロウ――我ハオ前ヲ殺サヌ。我ハ、ノ」

呟きながら、生き残ったモノは己の腹を愛《いと》おしげにさすった。


そして全てが終わり、宝珠が連れ出され評議の座が解散した後の堂内。明かりを落とした室内には、万象、樊恵、知音の三人だけが残っていた。

「宝珠にしても、あれなりに皆のことを想っての振る舞いであったはず。それだけは判ってやってくれぬか」

万象が、これまで己を支えてくれた右腕のことを歎《たん》じて言った。

それは、心から信じての発言であったろうか。あるいは万象らしからぬ、単なる気休めのひと言か。

いずれにせよその場に居残りを命ぜられた二人には、あえて否定する気持ちは起きなかった。

知音が、痛ましげに応ずる。

「承知しております。もし宝珠様が悪辣《あくらつ》なお方であれば、あれほど足のつきやすいやり方はなさらなかったことでしょう」

ふーっと大きく息を吐いた万象は、「さて」と話柄を転じた。

「宝珠の任を解いたからには、代わりを定めねばならぬが――」

その言葉が終わらぬうちに、今日はずっと黙っていた樊恵が口を開いた。

「知音を推《お》させていただきまする――『壱の小組や弐の小組が、芽吹きたるモノに敗れることなどありえぬ』と断じたような愚昧では、見識不足が明らかでござりますからな」

ところが、推された知音は反対意見を述べる。

「いや。愚僧では知識経験ともにまだまだ足りませぬ。誤りは誰にでもあることながら、樊恵様はそれを糧《かて》として正しき途を進まれるお力をお持ちだ――やはり樊恵様こそ、適任にございましょう」

樊恵は、ジロリと知音を見やった。

「愚昧が万象様の補佐となったれば、ますますそなたのやり方へ口やかましくなるぞ」

「それこそ望むところ。愚僧の暴走に歯止めを掛けるお方は、樊恵様しかおられませぬからな」

持ち上げられた樊恵は、澄まし顔の知音をまじまじと見つめる。

「こ奴《やつ》……愚昧を二階へ上げておいて、己は好き勝手ができる立場を保とうてか」

樊恵の悪口《あっこう》に、知音は微笑で応ずる。

「さすがに樊恵様。愚僧程度の浅知恵《あさぢえ》では、すぐに見抜かれてしまいますな」

「食えぬ漢《おとこ》よ。悪党めが」

「過分にお褒めいただき、恐悦《きょうえつ》に存じまする」

肚の探り合いをしているのか罵《のの》り合っているのか判らぬ二人のやり取りに、万象が割って入った。

「それでは、宝珠の後任には樊恵が就くということでよいのじゃな」

樊恵が顔を向けてきた。

「いや。愚昧が万象様の補佐に就けば、全体の均衡《きんこう》を図らねばならなくなり、こ奴の好き勝手を全力で止める者がおらぬようになりまする。愚昧は、今のままの立場で居とう存ずる」

万象は二人を見比べ、「では儂に、補佐なしでまとめ役を勤めよと申すか」と困惑を隠さぬ顔で問うた。

返答してきたのは、樊恵だった。

「実尊殿なれば、適任かと。あの御仁《ごじん》は極論に与《くみ》せず不偏不党《ふへんふとう》。さらには、我が激しき雑言《ぞうごん》にも、言い返すべきところはきちんとものを言えますれば」

意見を述べながら、「どうか」という顔で知音を見る。知音も頷いた。

「同意致しまする。的確なる人選かと」

二人の合意を聞き、己でも検討した上で万象が決した。

「では、そのつもりでいようか。まずは当人の意向を聞かねばならぬがの――しかし、それにしても……」

最後まで口にしなかった言葉を、樊恵が引き取った。

「弐の小組が潰れたのは、どうにも口惜《くちお》しゅうございますな」

二人の発言を受けて、知音が問うた。

「して、樊恵様。いまだ天蓋の小組に早雪を送らせるべきと?」

樊恵は難しい顔で答える。

「もはや、そのようなことをしておる余裕はあるまい」

「早雪のことは、どうなさるおつもりで?」

樊恵は真っ直ぐ知音を見返して、はっきりと言った。

「万象様のお考えもあろうが、こたびの実績を見る限り、愚昧は、あの娘あっての天蓋の小組かと思う」

万象の返答を聞いた知音は、恭《うやうや》しく一揖した。

八

東海道は川崎宿と神奈川宿の間、神奈川宿寄りの街道近くで、年増女《としまおんな》が一人、死んでいるのが見つかった。髪をおすべらかしにし、薄物の襤褸布を十二単のように纏った、奇妙な格好の物乞いらしき女の死骸である。

奇妙な点がもう一つ。女の腰の辺り、折れた背骨には、薄く剝《は》いだ細木と紙で出来たごく当たり前の扇子が一本突き刺さっていたという。

「この女、つい最近まで懐妊《かいにん》しておったのではありませぬかな」

検死に呼ばれた医者はそう診立《みた》てたが、すでに腹は平らで産んだ後のようであり、女の身元を突き止める手掛かりにはならなかった。格好からして浮浪人のなかった。

類《たぐい》かと思われ、元々数の少ない代官所の下僚はまともに調べようともしなかったようだ。

無論のこと、こんな御府外のつまらぬ話が江戸の南町奉行所まで伝わることはなかった。

本所回向院《えこういん》には、両国橋《りょうごくばし》を渡って真っ直ぐ町をひとつ抜ければ、もう着いてしまう。浅草寺御門前からだと、両国橋まで行かずに吾妻橋《あずまばし》で渡ってしまって、大川沿いに南へ下ったほうが近かろう。

回向院は勧進相撲《かんじんずもう》の興行が打たれるなど見物客を集める行楽地として名高いが、元々は江戸の過半を焼いた明暦《めいれき》の大火（一六五七年）で亡くなった、十万を超える死者を弔《とむら》うために建てられた寺である。住職を置くため浄土宗《じょうどしゅう》に属してはいるが、正式名称『諸宗山無縁寺《しょしゅうざんむえんじ》回向院』という名が表すとおり、宗派を問わずに無縁の仏を受け入れる埋葬所《まいそうじょ》だった。

於蝶太夫と霧蔵は浅草寺奥山で日々の稼ぎを得、陰では討魔の業のために命懸けで働いた末斃れたのに、死して後、浅草寺内に葬《ほうむ》られることはなかった。人に見せられぬほど激しく傷《いた》んだ遺骸は荼毘《だび》に付され、遺骨になってからこの回向院に持ち込まれたのである。

その回向院の中、このごろ作られたばかりと思われる小さな土盛りが二つ並んでいる前に、いくつかの人影が立った。僧侶と若い男女、それよりも幼い男女の五人連れだ。

五人は一人ずつ土盛りの前でしゃがみ込み、全員がときをかけて熱心に死者の冥福《めいふく》を祈った。

最後に土盛りの前で膝を折ったのは、十三、四と思える少年だった。少年は拝み終わると、ふと思いついたように懐から何かを取り出した。

ポウポウポウ、ポウポウポウポウ。

もの悲しい笛の音が、曇天《どんてん》に翳《かげ》る寺の境内に鳴り響いた。

一〇〇字書評

切り取り線

購買動機（新聞、雑誌名を記入するか、あるいは○をつけてください）

□（　　　　　　　　　　　　　　　　）の広告を見て
□（　　　　　　　　　　　　　　　　）の書評を見て
□ 知人のすすめで　　　　　　　　　□ タイトルに惹かれて
□ カバーが良かったから　　　　　　□ 内容が面白そうだから
□ 好きな作家だから　　　　　　　　□ 好きな分野の本だから

・最近、最も感銘を受けた作品名をお書き下さい

・あなたのお好きな作家名をお書き下さい

・その他、ご要望がありましたらお書き下さい

住所	〒				
氏名		職業		年齢	
Eメール	※携帯には配信できません		新刊情報等のメール配信を 希望する・しない		

この本の感想を、編集部までお寄せいただけたらありがたく存じます。今後の企画の参考にさせていただきます。Eメールでも結構です。

いただいた「一〇〇字書評」は、新聞・雑誌等に紹介させていただくことがあります。その場合はお礼として特製図書カードを差し上げます。

前ページの原稿用紙に書評をお書きの上、切り取り、左記までお送り下さい。宛先の住所は不要です。

なお、ご記入いただいたお名前、ご住所等は、書評紹介の事前了解、謝礼のお届けのためだけに利用し、そのほかの目的のために利用することはありません。

〒一〇一‐八七〇一
祥伝社文庫編集長　坂口芳和
電話　〇三（三二六五）二〇八〇

祥伝社ホームページの「ブックレビュー」からも、書き込めます。
http://www.shodensha.co.jp/bookreview/

祥伝社文庫

魔兆《まちよう》 討魔戦記《とうませんき》

平成30年4月20日 初版第1刷発行

著者 芝村涼也《しばむらりようや》

発行者 辻 浩明

発行所 祥伝社《しようでんしや》

東京都千代田区神田神保町3-3
〒101-8701
電話 03（3265）2081（販売部）
電話 03（3265）2080（編集部）
電話 03（3265）3622（業務部）
http://www.shodensha.co.jp/

印刷所 萩原印刷
製本所 ナショナル製本
カバーフォーマットデザイン 中原達治

Printed in Japan ©2018, Ryouya Shibamura ISBN978-4-396-34411-5 C0193

〈祥伝社文庫　今月の新刊〉

内田康夫
神苦楽島《かぐらじま》（上・下）
路上で若い女性が浅見光彦の腕の中に倒れ込んだ。それは凄惨な事件の始まりだった！

五十嵐貴久
炎の塔
超高層タワーで未曾有の大火災が発生。消防士・神谷夏美は残された人々を救えるのか⁉

梶永正史
ノー・コンシェンス　要人警護員・山辺努
凄絶な銃撃戦、衝撃のカーチェイス。元自衛官のボディーガードが悪に立ち向かう！

鳴神響一
謎ニモマケズ　名探偵・宮沢賢治
宮沢賢治がトロッコを駆り、銃弾の下をかい潜る。手に汗握る大正浪漫活劇、開幕！

森村誠一
終列車
松本行きの最終列車に乗り合わせた二組の男女の背後で蠢く殺意とは？

小杉健治
幻夜行　風烈廻り与力・青柳剣一郎
旅籠に入った者に次々と訪れる死。殺された女中の霊の仕業か？　剣一郎、怨霊と対峙す！

長谷川卓
黒太刀　北町奉行所捕物控
人の恨みを晴らす、義の殺人剣・黒太刀。臨時廻り同心・鷲津軍兵衛に迫り来る！

芝村凉也
魔兆　討魔戦記
討ち取りそこねた鬼は、さらなる力を秘めていた！　異能と異形が激突する江戸怪奇譚。

風野真知雄
縁結びこそ我が使命　占い同心　鬼堂民斎
救えるか、天変地異から江戸の街を！　隠密同心にして易者の鬼堂民斎が鬼占いで大奮闘！

佐々木裕一
剣豪奉行　池田筑後
この金獅子が許さねぇ！　上様より拝領の宝刀で悪を斬る。南町奉行の痛快お裁き帖。